追放
悪役令嬢の旦那様
8

エラーナ（ラナ）
才色兼備の公爵令嬢だったが、王太子から婚約破棄され、ユーフランと結婚。実は前世の記憶持ちで、その知識を使って便利な道具を提案している。
ユーフラン
王太子や公爵家令息たちのパシリだった伯爵家出身の青年。王太子に婚約破棄されたエラーナと「交際0日結婚」をした。現在は緑竜セルジジオスの貴族。
主な登場人物

レイ
出自不明の『加護なし』冒険者。運動能力が高く、ユーフランも困惑の野生児。ファーラの専属護衛になる。
クールガン
ディタリエール伯爵家三男次期当主であり、ユーフランの弟。『青竜の爪』を6爪所有している。ユーフランとファーラが大好き。
ファーラ
養護施設から連れてきた少女。竜力を遮断してしまう加護なしの体質だが、『聖なる輝き』を持つ者に覚醒。

Contents

追放悪役令嬢の旦那様

8

古森きり

イラスト
ゆき哉

1章　気球のお披露目

7月初め、例年通りに『竜の遠吠《とおぼ》え』が通り過ぎていった。取り払っておいた畜舎の柵《さく》を設置し直し、窓ガラスが割れないように覆《おお》った雨戸も取り外す。

クーロウさんのところの若い衆が溢《あふ》れた川に近づいたシータルとアルを持ち上げて、持ち帰ってきた。増水した川に近づくなんて、命知らずもいいところである。ゲンコツで鉄拳制裁しておかないとね。

「「いてぇーーーー！」」

「おうおう、なかなかに問答無用《もんどうむよう》だなぁ」

「うっかり増水した川に落ちたら死ぬし、足を入れた瞬間水に攫《さら》われて死ぬし、川を舐《な》めてると死ぬって痛みを伴って教え込まないと。死んでからじゃ遅いし」

「そうだな。今年の降水量は例年の比じゃねえ。水が引くまで、しばらく川には近づかない方が無難だな」

クーロウさんちの若い衆も、俺と同じ意見。やんちゃ坊主どもは初めての『竜の遠吠え』にテンション上がって、施設内で走り回っていたらしいが嵐は舐めたら死ぬ。

いや、気持ちは分からないでもない。俺も幼少期は、『竜の遠吠え』でテンション上がってワクワクしてた方だし。っていうか、うちの実家は男しかいないせいなのか使用人たち総出でハイテンションなガキを屋敷の中に留《とど》めるのに命をかけていた。

実家は影の教育を受けたガキしかいない。そんなのを追い回すなんて、考えただけで使用人の胃が心配になるよ。……まあ、主にルースの話なんだけどね。

「おーい、ユーフランさん！　試運転するから学校の方に来てくれって、棟梁《とうりょう》が呼んでるぜ！」

「あ、はーい」

「気球の試運転⁉　あたしたちも行っていい⁉」

「おいらたちも行きてぇ！」

「おれもおれも！」

「はいはい。一緒に行こうね」

「「「わーい！」」」

畜舎の掃除を終わらせたクオンとやんちゃ坊主たちは、飛び跳《は》ねながら俺の周りを駆けて自分たちの乗る荷馬車を用意していく。

そういえば、とクオンに「アメリーとファーラとニータンは？」と聞いてみる。ルーシィを荷馬車に繋《つな》ぐのを手伝ってくれていたクオンは、少し悔《くや》しそうに「ニータンとファーラとアメリーは先に学校。ニータンはレグルス姉さんについて回っていることが増えたし、ファーラは最近真っ直ぐに学校に出勤するようになっているのだとのこと。

どうやら俺たちがエリリエ姫の依頼で『黄竜メシレジンス』に行っている間、だいぶ地域に根づいてきた子どもたちは、それぞれの将来を考えて各々《おのおの》自立しつつある。

如実《にょじつ》なのはニータンとクオンであり、ニータンはレグルス商会で見習いとして働き始めたらしい。事務所で会計の仕事を手伝っており、若いからこそかなり覚えが早いそうだ。給金もうちの牧場からではなく、レグルス商会から出ている。

ぶっちゃけ、レグルス商会はうちの牧場に比べてニータンへの給金は安い。けれど、自分の能力を自分の髪や目の色で忌避《きひ》していた奴らから褒《ほ》められるのは給金以上の快感……もとい意味と価値があるのだろう。

仕事の話を聞くと、嬉《うれ》しそうに話してくれる。そういうところ、可愛いねぇ。

そしてクオンは町で仕立て屋見習いに就いたそうだ。羊から取った羊毛を布に仕立て、自分で染めた布を持ち込んだところ、大層気に入られたという。

羊毛から布を織ったのもすごいし、自分で染粉《そめこ》を購入し生地を染めた——その行動力がベタ褒めされたという。技術的にはとても売り物にはならないとはいえ、9つの女の子がここまで1人でできたなんて、と感動すらされたらしい。

その熱意に仕立て屋はクオンを即採用。養護施設から通うのが大変なら、空いている寮《りょう》に住んでもいいとまで言われているそうな。

ただ、さすがにまだ9つの女の子を養護施設から出して自立させるのはつらいと思うから無理にとは言われてない。もう少し大きくなったら、という話だ。

出勤日は週に4日間程度。休みの日はうちの牧場で変わらずにお手伝いをしてくれている。

今日と明日は町の方でも浮き足立っており、連休。

そしてクオンも仕立て屋からお給金をもらっているし、町にはニータンもいるから、クオンは着実に人間としても成長している。

それに比べて――。

「なああ、明日は屋台も出るんだろ!? シータルもチーズ屋の手伝いするんだよな？」

「おう！ 明日はさ！ おれが作ったチーズを初めて切り売りするんだ！ 昨日で仕込みも終わってるから、絶対買いに来いよな！」

「あったりめぇよー！」

……アルの、この能天気ぶりたるや。

シータルは『緑竜セルジジオス』に来て間もなくチーズ屋でお手伝いをする話が進んでおり、町にニータンとクオンが出勤するのについていくようになって、いよいよ見習いとしての修業が少しずつだが始まっているそうだ。

元々他の子よりも買い物などに行くとチーズ屋で作り方の見学を続けていたのだが、それが本格化した感じだ。

本人もとても楽しそうで、養護施設でも自分でチーズを作って振る舞うようになっている。

なんと、今やクラナ並みに料理ができるようになったという。……チーズを使う料理限定で。

しかしそれほどのやる気だ、チーズを使う料理に限定してだがクラナを超える日も近いのではないか、とラナに言わしめているのだから将来が楽しみだろう。

なお、ラナとしては「養護施設の側《そば》にシータルのチーズ料理専門店、アリじゃない？」とレグルスと目を細めていた。チーズ屋のご夫妻からも「ぜひうちの跡取りに！」と言われているので、ある意味子どもたちの中では一番将来が期待されている……かもしれない。

ファーラは今まで通り学校で爆発を未然に防ぐ仕事をしている。こちらは給金など出ていないが、かなり重要な仕事として認められつつあるため、エールレートとおじ様から、いくらか給金を出すべきではと検討しているらしい。

一応『聖なる輝き』を持つ者だしね。

今後『青竜アルセジオス』から邪竜信仰をしていた『加護《かご》なし』たちが何人か採用されるし彼らがちゃんと〝仕事ができる〟と教え込むためにも給金は必要。

まあ、ファーラ……というか、連れられてくるだろう『加護なし』たちはそりゃあそんなにもらえないだろうけれどね。

と、いう感じで仕事先がまったく決まっていないのはアルとアメリーだけってこと。

それなのにこの危機感のなさ。アメリーはまだ6歳。幼いので、将来の夢とか目標を持っていないのは仕方ないだろうけれど。

ということで問題はアルだ。こいつは、もう少しこう、危機感というものがなぁ。

一応それとなく「アルは将来、なにをやりたいとか希望あるの？」と聞いてみたことがあるのだが、アルは「え？　知らねー！」とのことで考えることもなかった。これを聞いた時は肩を落としてしまったよね。

「まったく！　シータルですら働き始めているのに、アルは将来のことなーんにも考えてないのね！」

おっと。俺が今ちょうど考えていたことを、クオンが刺々《とげとげ》しく指摘する。アルはクオンの小《こ》言《ごと》がまた始まった、と言わんばかりの嫌そうな表情。

だが、いつもと違うのはシータルが「そうだなー」とクオンに同意したことだろうか。

いつもならアルに同調して「そんなの今じゃなくていいじゃん」「どーでもいいじゃーん」とか言うのに、今日は「お前も仕事探した方がいいぞ」と真顔《まがお》で言い放ったのだ。

これにはアルもギョッとして「な、なんだよ、シータルっ！　いつもそんなこと言わねーじゃん」と唇を尖《とが》らせる。

だが、シータルはまったく怯《ひる》まず「だって仕事してないのアルだけじゃん。アメリーはまだ小さいから仕方ねーけどさぁー」とド正論を叩《たた》きつけた。噴き出して笑わなかった俺は俺を褒めたいよ。

平民は10歳前後になると親の仕事の手伝いを始める。ワズは家族ぐるみで家畜屋をやっているだけでなく、父親の腰が悪いので積極的に手伝っていた。今はナードルさんの腰もだいぶよくなり、ワズもだいぶ子どもらしい表情になったと思う。

そういえばワズはアメリーと同い年だな、と思った瞬間、やっぱりアメリーも将来のことを考えなければならないな、と思った。いくらワズがしっかり者とはいえ、だ。

そう考えていると、シータルという味方を失ったアルがヒートアップし始めていた。揺れる馬車の中で立ち上がり、逆ギレを始めてしまう。

そろそろ止めないとダメだなぁ、と思っていたらシータルも立ち上がった。

「あのなぁ、アル！　おれたちはニータンみたいに頭よくねぇんだから、体使うなり技術覚えるなりしねーと大人になった時困るんだぞ！　おれ、チーズ職人になって金物屋のリーチャにケッコン申し込むんだ！」

「えっ」

「ごふっ」

噴いた。耐えられなかった。いや、耐えられる奴いないでしょ。思わず振り返ると、クオンまで立ち上がって瞳《ひとみ》をキラキラさせて「え！　シータルってばリーチャのこと好きなの⁉　いつ⁉　いつから⁉」と叫ぶ。

金物屋のリーチャは10歳の女の子。栗色の髪と濃い緑色の瞳を持ち、『エクシの町』で一番可愛く、器量良しと評判。正直言ってシータルには高嶺《たかね》の花。

だが、それでも可能性がないわけではない。シータルが真面目《まじめ》に働いて、生活が安定するようならチャンスはなきにしもあらず。もちろん、もう少し――いや、だいぶ紳士の振る舞いを身につけることは必要だろうけれど。

「リーチャは可愛いから、おれ、いつかケッコン申し込むんだ。そのためには黒桐木《くろきりもく》の2階建ての家を建てる！　家建てるの、金貨2枚くらい必要なんだ。おれ、自分で稼いだお金で家建てる！」

「すごーい。シータル、結構将来のこと考えてるんだね」

「あったりめーだろ。おれ、チーズ屋さんの養子に入って立派な跡取りになるんだ。エラーナ姉ちゃんにチーズのレシピいっぱい教わって、店でっかくして、リーチャとケッコンして……

みんなで家族になるんだぜ！」

「家族……家族かぁ。いいなぁ……」

あのシータルに、クオンが羨《うらや》ましそうな眼差《まなざ》しを向けている。しかし、シータルの言っていることに孤児であるクオンがそう言うのも無理からぬこと。

そして、シータルが〝家族になる〟と宣言した意味も憧《あこが》れからなのだろう。

アルが突っ立ったまま俯《うつむ》いて唇を尖らせる。いつも一緒に遊ぶシータルの成長に、頭が追いつかないいんだろうな。

「ほらほら、３人とも道が荒くなるから座りな。舌《した》噛《か》むよ」

「は、はーい」

３人が素直に荷馬車の中に座る。クオンとシータルは仕事について話し始め、アルだけが取り残された。学校の近くには大量の石畳《いしだたみ》が山積みになっており、学校から『エクシの町』まではすでに舗装《ほそう》が完了していた。

道幅も広げられており、大型馬車が2台は楽に通れる。舗装工事はドゥルトーニルのおじ様が『エンジュの町』から呼び寄せた業者が担当しており、クーロウさんちの男衆並みにムキムキマッチョの男たちがせかせか働いていた。

学校に入り、馬車置き場に荷馬車とルーシィを預けてクオンたちを連れ、校庭に向かう。

すでに校庭には組み立てられた気球が3機、巨大な布を地面に広げた状態で待機していた。校舎の側には屋台が20軒ほど立ち並び、明日のお披露目《ひろめ》本番に向けて準備が進められている。

ノリがいい国民性である『緑竜セルジジオス』は、隙《すき》あらばお祭りを催そうとするのでこの事態だ。かくいうラナも「牧場カフェの宣伝よ！　かき氷を売りましょう！」と拳《こぶし》を掲げて現在屋台に冷凍庫を設置して、明日のメニュー表を貼り出しておられる。

他の屋台も下準備の鍋や、重い鉄板の持ち込み、客用の皿を洗ったりと和気藹々《わきあいあい》。学校勤めの奥様方も集まって、井戸端会議開催中。

こういう浮き立つような祭り前の雰囲気、いいよねぇ。

……今回はなんの事件もなく穏やかに終わって欲しいものだ。

「エラーナお姉ちゃーん！」

「あら、クオンたちも来てくれたの？」

「うん！　屋台のお手伝い、あたしもやる！　なにしたらいい？」

「それじゃあお皿拭《ふ》いてくれる？　あと、シロップも冷蔵庫の中にしまっておいて。メニュー表の貼り出しと、暖簾《のれん》が傾いていないかの確認と、スプーンも食器入れに入れて欲しいかな」

「分かった！　任せて！」

屋台の準備をしていたラナが、声をかけてきたクオンに指示を出す。すでに来ていたクラナがテーブル席の椅子やテーブルに濡《ぬ》れ雑巾《ぞうきん》で清掃を行う。

　かき氷は去年、クーロウさんちの若い衆に試食してもらい、大人気を博した。今年ももちろん牧場カフェメニューではあるものの、牧場カフェに来たことのない町の人にも宣伝するべく今回の気球お披露目に便乗《びんじょう》し、屋台を出してアピールするそうだ。

　かき氷の値段は銅貨2枚ほど。追加料金を払うと、果物《くだもの》やチョコレートソース、生クリームなどをトッピングできる。

　最初はかき氷にチョコレートソースや生クリーム？　と首を傾《かし》げたものだけれど、甘いもの大好きなクーロウさんやその部下の人たちには「チョコソースが果物に合う」「生クリームがちっとも溶けなくて美味《おい》しい」と、人気だった。また、ラナには今回すごい目玉商品もあるらしく、レグルスと肩を震《ふる》わせ「クックックックック……」と笑っていたのがめちゃくちゃ怖い。

「フラン！　これ、試食してみてくれる？」

「なに？　………コレ……」

　ラナが意気揚々《ようよう》差し出してきたのは茶色い氷にビターチョコの棒が刺さったかき氷と、黒い液体がかけられたかき氷。な、なにコレ、色ヤバ……。驚いて一歩後退《あとずさ》ると、ラナが慌《あわ》てて「し、心配しないで！　ただコーヒーを凍らせたものと、コーヒーをシロップ代わりにかけただけのものよ！」と商品説明をしてくれた。あ、ああ、なるほどね。それでこんな色なのね。

「フラン的にどっちが美味しいか、知りたいの。甘いものが苦手なお客さん向けの参考にしたいから」

「あ、そ、そういうこと。じゃあ、もらっていいの」

「もちろん。感想を聞かせて」

「じゃあ、いただきます」

そういう理由なら、とありがたく頂く。まあ、ラナが作るものが不味《まず》いわけがないし不味くても食べ切るけどね。だって、ラナの手作りだよ？　食べるに決まってる。

かき氷は一気食いすると頭がキーンってなるから、焦《あせ》らずゆっくり食べるけど。そんなわけで、先に口に入れるのはコーヒーを凍らせたもの。

「――甘味がある、のに、コーヒーの苦味が強く感じる。美味しい」

「本当？　良かった！　実は練乳《れんにゅう》を少し入れたのよ」

「練乳って、牛乳と砂糖を煮込んだアレ？」

「そう！」

練乳とは、牛乳と砂糖だけでできる調味料。これもラナが発案。発案というか、前世の知識から作ってみた、とのこと。

実は作り方に自信がないと言って、試行錯誤していた。それが半日で解決したほどに簡単なレシピ。煮込んだ牛乳に、砂糖をめちゃくちゃ大量に投入して、冷やす。ねっとりとした白乳色の物体は、牛乳の甘さを砂糖の甘さで殺したもの。

俺は恐ろしくて食べたことはないのだが、今回のかき氷はそれを有効活用するそうだ。

実際食べてみたが、コーヒーの苦味がとてもマイルドになっている。食べやすくて美味しい。しかも、コーヒー自体を凍らせてあるから見た目はエグいけど、味はアイスコーヒーみたい。

「美味しいけど……後半飽きてくる、かも」

「あー、なるほど」

ずーっと同じ味なので、ビターチョコの飾り棒みたいなやつを齧《かじ》るがこちらも苦味が強いので舌が麻痺《まひ》ってくる。

けれどかき氷は涼《りょう》を取る意味の食べ物だ。その役割は十分。量を減らせば問題ないのではないか、と提案してみると「前向きに検討するわ」とのこと。

では次はコーヒーがシロップとして使用されているかき氷。味自体は同じだが、少し味が、薄い、かな？　もちろん不味いわけではない。

コーヒーがもっと濃ければ格段に美味しくなるのではないだろうか。あと、強《し》いて言うのなら――。

「もっと濃くてもいいかな。あとすごく嬉しいけど、俺の好みのコーヒーの味なので俺は好きだけど……万人受けするかは怪しい、かなぁ」

「あ……」

もちろん俺好みの、苦味が強く酸味が弱め、コク深めのコーヒーの味なので、俺はとても美味しいと思う。けれど、全員がこの苦味で大丈夫、ってことはないのではないだろうか。多分。

「そ、そうよね。うちにあったフラン用のコーヒー粉持ってきて作ったから……ああ、そこまで考えてなかったわ。うちではこの味が普通だったものね」

やっちまった、みたいな表情になるラナ。いやいや、俺の好みの味であることには間違いないのだから、試食としては百万点でしょ。

「俺専用なら、本当に美味しいよ。嬉しい。ありがとう、ラナ」

「え、あ、そ、そう？　それなら、セーフ、かしら。えへへ」

心の底から嬉しいので心の底からお礼を言うと、ラナは嬉しそうにしてくれる。ああ、可愛い。世界一可愛い。天井のない可愛さ。俺の世界と心が救われる。

「エラーナお姉ちゃん、ユーフランお兄ちゃん、クーロウさんたちが来たよー」

と、声をかけてくれたのはクオン。ハッとして振り返ると、渋《しぶ》い顔のクーロウさんとコメットさん。その後ろから前方2人の様子に困り顔のユージーンさんが歩いてくる。

ああ、もうすでに嫌な予感しかしない顔してるなぁ。

「よお、嬢ちゃん。って、おお、かき氷の屋台か！」

「はい。今年は新作も用意しましたから、明日の本番ぜひ食べに来てくださいね」

「もちろんだぜ！　楽しみにしている！」

先ほどまでの不満げな表情を、かき氷の暖簾を見た途端《とたん》輝く笑顔に変えたクーロウさん。果物盛り盛りのかき氷、大好きだもんねぇ。

対して同じく渋い表情で近づいてきたコメットさんは、さらに表情を渋く歪《ゆが》めた。まさに「着工が遅れたばかりか、こんなお祭り騒ぎにして市民を集めるなんて」と言わんばかり。相変わらず余裕なさすぎでしょ、この人。

お祭り騒ぎにしたのは気球のお披露目を大々的にやりたい、というゲルマン陛下のご意向も加味されている——らしい。おじ様とカールレート兄さんが言っていたので、間違いはないと思う。気球がどんなものなのか、明日、竜馬籠《りゅうばかご》に乗っていらっしゃるそうだ。

国王陛下自ら完成を視察に来られるのだから、大々的にお出迎えすべきだろう。正直、竜石職人学校で陛下のお出迎えをするにしては規模が小さいくらいでは？

「そうだ、ユーフラン。お前、それなりに腕は立つよな？　明日は警護に回ってくれねぇか？　実は最近『黒竜ブラクジリオス』の方から名の知れた盗賊団が、うちの国に侵入したっつー知らせが届いてな」

「え？」

腕を組んだクーロウさんが俺に向き直り、急にそんな話を振ってきた。かなり不穏なことおっしゃってません？　名の知れた盗賊団、とな？

いくつか小さい盗賊団の名前は浮かぶけど、クーロウさんが出した名前は『泥《どろ》の盃《さかずき》』という国際指名手配犯罪集団。国際義賊団『聖母の手』や犯罪代行組織『蜘蛛《くも》の脚《あし》』と並ぶ盗賊団。『聖母の手』と決定的に違うのは、義賊ではなく強盗も辞さないかなり強行な集団が傘下《さんか》にいるってこと。その他にも個別で詐欺《さぎ》や空き巣などの犯行に及んでいる。

まあ、あまりいい言い方ではないけれど、『泥の盃』というのはいわばギルド。犯罪者の参加する共同体みたいなもの。本当にクソ。

そんな名前の犯罪集団に所属する奴らは『パーティー』と『個人』。パーティーは集団。まあ、小さな盗賊団のこと。その小さな盗賊団の1つが、『黒竜ブラクジリオス』から『緑竜セルジジオス』に入ってきたらしい。

あー、それは……面倒くさいことになっている。『泥の盃』では犯罪テクニックの講習や金持ち情報の共有などが行われているという。そういう情報の売買も。

「最近この辺は開発が進んでいるし、王都から大工も来ている。王族の別荘ができるって話が漏《も》れてるんだろう。『エンジュの町』近くの小さな集落が襲われたって話だ。この辺は人もまばらだしな」

「そうですね……」

確かにそんなヤバい盗賊団が近くに来ているのなら、警護は増やすべき。明日は王都から王族専属の護衛騎士が来るだろうけれど、そういう奴らは王族しか守らないからなぁ。

しかし、盗賊団が潜伏していると思うと早めにとっ捕まえた方がいいな？　だって――この近くにいるってことは、いつラナに危険が迫るか分からない。

よし、とっ捕まえよう。

「分かりました。安全のためにもその盗賊団は一網打尽《いちもうだじん》にしましょう」

「は？　いや、警護に参加してくれりゃそれでいいんだが……そもそもどうやって？」

「噂を使って誘《おび》き寄せるんですよ。学校に罠《わな》を張って……ね。その辺は腰を据えてやりましょう」

「お…………おう」

なんでドン引きした表情になってるんですか、クーロウさん？

「盗賊団の話、ユージーンさんは聞きましたか？」

「ああ、聞いている。周辺は部下に警戒させているが、確かに一網打尽にできたらいいと思う。その時は協力させてもらうぜ」

兄で文官のコメットさんと違い、やはりユージーンさんは武官だしこの国の人らしくノリがいいな。当然、協力してもらえるのなら協力してもらいますとも。盗賊団は少なくとも10人はいるしね。

俺たちの会話に「野蛮《やばん》な」と眼鏡《めがね》をクイ、と持ち上げるコメットさんは、盗賊団を舐めてるのか状況が分かっていないのか、はたまた野蛮なのは盗賊団のことなのか。ま、どうでもいいけどな。

「おい、屋台ではなく気球のお披露目の準備は終わったのか？」

コメットさんが相変わらず高圧的に俺とクーロウさんへ聞いてくる。クーロウさんは設計から組み立てまでやっているので分かるけれど、なんで俺にまで？

自分の出世が関係しているせいなのか、またピリピリし始めたな。うちのカルビ（牛）の牛乳差し入れた方がいい？

相手にしたくないオーラを隠しもしない俺に、ラナとクーロウさんが困った視線を向ける。けれど、俺はさらにその後ろから近づいてきた3人の人影に「おや」と目を見開いた。男2人、女1人。

扇子《せんす》を開き、日傘《ひがさ》を片手に近づいてきた女性は鋭い目つきでコメットさんを睨《にら》む。

「相変わらず他人に対して偉そうですわね」

「っ⁉　き、貴様は――エリオーナ・エローラ……⁉　なぜここに⁉」

かけられた声に肩を跳ねさせ、振り返ったコメットさん。現れたのはカールレート兄さんの嫁、エリオーナ夫人。籍《せき》はすでに入っており、10月頃に挙式予定。

元々最初からカールレート兄さんの婚約者で、一時期『紫竜ディバルディオス』にいた『聖なる輝き』を持つ者であった、ティム・ルコーに気に入られて『緑竜セルジジオス』を離れていた。

俺とラナが『紫竜ディバルディオス』から帰った時、一緒に帰ってきてそのままカールレート兄さんと関係を再構築。年明けに入籍して、ドゥルトーニル家に輿入《こしい》れした。実家とは縁切りしており、高飛車《たかびしゃ》な性格だがカールレート兄さんにはベタ惚《ぼ》れしているらしい。

だからなのか、カールレート兄さんの嫁になってからは、ドギツい言い方はなりを潜《ひそ》め、生き生きしている。

「ほーっほっほっ。学園を卒業して以来ですわね」

そして、意外なことにコメットさんたちはカールレート兄さんと同級生だったらしい。顔見知りっぽいのは知ってたけど、明確に繋がりを教わった。あのいつもピリピリしていたコメットさんが、エリオーナ夫人を見た途端三歩も後退った。

逆にユージーンさんは「お、おお？　エ、エローラ嬢、お久しぶりだな？」とカールレート兄さんの方を見て言う。どうしてここに、と言わんばかり。それに手を挙げて苦笑いのカールレート兄さん。

「あれ？　俺、エリオーナと結婚したこと言ってなかったっけ？」

「いっ……言っていない！　エローラ嬢は『紫竜ディバルディオス』に行ったのではなかったのか⁉」

「あれ、マジで言ってなかったか？」

ごめんごめん、と軽いノリの謝罪をするカールレート兄さん。それに対してコメットさんが「ふざけるな！」とガチギレ。そんな怒るようなことか？

「お黙り！」

「うぐっ」

ピシャッと扇子を閉じて、ビシッとコメットさんへ突きつけるエリオーナ夫人。それに対して本当に押し黙るコメットさん。

「さっきから見ていたらなんです？　下の者に当たり散らして、それでも王に認められた文官ですか？　あなたはご自分のお家を再興したいと言っていましたが、周りに感謝の気持ちもなく下の者への配慮もできずに自分の余裕のなさや焦りをぶつけて回って、情けないと思わないのですか！」

かなりブーメランな気がするけれど、ご自分が体験したからこそ、この言葉が出てきたのかもしれない。というか、現れて早々にお説教ってどういうこと？

「あなたのそういう陰険根暗《ねくら》眼鏡なところが結婚できない理由なんですわ」

「ぐっ」

「や、やめて、エローラ嬢！　結婚できない部分は俺にも効く！」

ああ、ユージーンさんも未婚だっけ。つらい現実だね。……俺は今、無敵に幸せですけどね！

「それにわたくしはもうカールレートの妻になりましたの、エローラの家名を呼ぶのはおやめくださいな。ドゥルトーニル夫人とお呼びなさいな、ドゥルトーニル夫人と！　おーほほほほほ！」

悪役令嬢モードのラナみたいな高笑いをしながら、はしゃいでおられる。思わずカールレート兄さんを見ると、満更《まんざら》でもない顔をして視線を逸《そ》らした。あーハイハイ、新婚だもんね。嫁さんがあんなに大はしゃぎしていたら、そりゃ顔もムズムズしちゃうよね。

「ドゥルトーニル夫人、だと……⁉　貴様、カールレート、本当にこんな毒舌高飛車アバズレと結婚したのか⁉」

陰険根暗眼鏡も相当だと思ったけど、毒舌高飛車アバズレも酷《ひど》いもんだなぁ。

「おいおい、人の嫁をアバズレ扱いするなよ。それはいくらなんでも悪口がすぎるぞ！」

毒舌高飛車は否定しないんだね、カールレート兄さん……。

「そうよ！　失礼すぎですわよ！」

「ま、まあまあ。図星《ずぼし》すぎて胸が痛むんだよ。それよりも、今日は夫人まで連れてきたのは国王陛下をお迎えするためだろう？　今更警護の変更はなしで頼むぜ？」

「ああ、問題ない。うちの方で護衛を集めて連れてきている。珍しく母さんも『エンジュの町』から出てきているしな」

まあ、武官であり学校の方の警備を担当することになっているユージーンさんからしても、気になるところではあるよね。守るべき貴族が増えると、王都から連れてきている部下だけでは数が足りない。

俺も今回はのんびりお披露目というお祭りに参加するつもりだったけれど、警備要員をやってラナが働いている姿を近くで眺《なが》めている方が長い片想い歴の頃に戻ったようで安心する。

「そちらと警備は被《かぶ》らないようにするが、王族には専属の護衛がつくはずだ。陛下たちが泊まられる屋敷と部屋にはもう警護がついているよな？」

「そちらは問題ない。まだ陛下たちの別荘は完成していないが、そちらも視察に向かわれたいとの連絡が来ていてな」

「例の『竜石玉具《ぎょくぐ》』というのは——」

「わしが持っとる」

ごくり、とユージーンさんがおじ様の持つ竜石玉具を見て生唾《なまつば》を飲む。おじ様が持っているのは新しく作った竜石玉具。おじ様の血を奉血《ほうけつ》して登録し、おじ様限定に仕上げたものだ。

今回警備のために使う前提で作ったのだが、リクエストはゲルマン陛下より賜《たまわ》った。要するに王命だ。逆らえるわけもなく。

なお、ゲルマン陛下的に「せっかく遠くの者と通話ができるというのに、同じ竜石玉具がないとダメとは……。つまらん！」——とのことです。

なので、会話できる相手が欲しい。できるだけ遠くに。そこで白羽の矢が立ったのがおじ様。ゲルマン陛下的に「ええ……？　なにもジジイでなくとも……」とのことだったが、王妃様より「ドゥルトーニル伯でよろしいわ」とにっこり笑顔で指名されたので、俺もおじ様も断れるはずもなく。

それに竜石玉具は利便性が高すぎるので隠しておくのももったいない。せっかくあるのだから、利用して普及させていきたいと考えているそうだ。

まあ、作れるのは俺のように竜力を感じ取れる者だけだ。俺の実家の弟たちだけでなく、クラリエ卿の家も竜力を感じ取る能力に長《た》けているから作ることはできると思う。

とはいえやはり量産は難しいから、持ち主となる者の血も定着時の奉血とは別に登録主用として奉血することで、持ち主を固定することにしたのだ。

これで悪用を避けるのが狙《ねら》い。どこまで通用するかは、まだ分からないけれど。

少なくとも王族には全員作ってプレゼントする予定。すべてゲルマン陛下が他の王家に恩を売る目的だけれど。

ラナやカールレート兄さんやおじ様的に、竜石玉具を作れるのが今のところ世界で俺1人なのが気になるらしい。悪者に攫われて、作らされるのでは、みたいに。

まあ、その可能性は高いけれど、それならそれで回数限定で使ったあと爆発するように作ればいいだけのこと。ラナや子どもらを人質に取られたとしても、それを後悔するくらい怖い目に遭《あ》わせるし、ね？

というわけでやりようはあるので、あとはどう普及させるか。その辺は偉い人にお任せする。面倒だし。

で、今回はその初めての挑戦。おじ様たち以外にも存在を教えて、様子を見る。ここで変なことを考える奴を篩《ふるい》にかけて見つけ出す感じ。

ユージーンさんたちもその辺分かってるだろうから、おじ様の持つ竜石玉具に慎重な視線を送っている。

「それが新技術を用いて作られたという、竜石玉具か。この竜石職人学校で開発されたと聞いているが……」

「うむ。しかし詳《くわ》しいことはわしも知らん。竜石玉具のことは未だ機密扱い。あまり詮索《せんさく》するものではないぞ、文官殿」

「も……もちろんだ」

専用ケースに入れたままの竜石玉具を、上着の内ポケットにしまうおじ様。見せびらかすものでもないしねぇ。

「それにしても、あなたはまたおかしなことをしていますわね。仮にも貴族のご婦人が、平民に混じって屋台など出すなんて」

ふと、ラナの屋台を振り返るとエリオーナ夫人が日傘を持たない方の手を腰に当ててメニュー表を覗《のぞ》き込んでいる。メニュー表はラナが手描きで絵を描いて、文字が読めない人にも分かりやすくしてあるのだ。

それを見たエリオーナ夫人は「食べてみたいわ」とラナを見る。相変わらずの我儘《わがまま》かな、と思ったがラナは「試食くらいなら構いませんわ」とかき氷器に氷をセット。ジョリジョリと小さな皿に砕《くだ》けた氷を積もらせていく。

「『千の洞窟』で1年のうち数カ月間しか採取できず、王族しか口にできない珍味《ちんみ》とされていた氷を……こ、こんな風にするなんて……！　やはり罰当《ばちあ》たりではございませんか？　大丈夫なんですの？」

「大丈夫ですわ。シロップは何味になさいます？」

「味⁉　シロップに種類がございますの⁉　う、うーーーん……結構いろんな種類があるのですわね。お、オススメはなんですの？」

「そうねぇ……私は苺《いちご》がオススメかしら？　砂糖漬けにした苺をミキサーにかけたのよ。甘酸《あまず》っぱい苺の風味が、冷たい氷の粒に溶けて堪《たま》らないんだから～」

「ふ、ふーん。じゃあ、それでいいわ」

「トッピングはどうしますか？　といっても、今日は自分たち用のものしか持ってきてないから、これしかないんだけれど」

「さくらんぼね。それでいいわ。チョコレートの板も美味しそうですわね」

「じゃあ、トッピングしていきますね」

トントン拍子にメニューを決めて、ラナはササっとトッピングをしていく。エリオーナ夫人はそれを興味深く見つめた。

ああ、楽しそうにかき氷にトッピングしているラナが今日も世界一可愛い。

「エリオーナの奴、あんなにはしゃいで……ったく、可愛いな」

と、カールレート兄さんの呟《つぶや》きが聞こえた。あー、はい。カールレート兄さんも新婚だもんね。嫁が可愛いのは分かりみしかない。

俺たちがほのぼのと嫁可愛いと眺めていると、おじ様が咳払《せきばら》いする。

「ほら、お前ら！　明日の準備をするぞ！　明日は陛下もいらっしゃるお披露目だ！　失敗できないんだからな！」

「「「おおーーー！」」」

と、周囲に気合を入れるおじ様とクーロウさん。確かに、こんな国境沿いに国王が来るなんて、人生で一度あるかないかだろう。

俺もユージーンさんとカールレート兄さんとクーロウさんと、明日の警備について話を聞こうかな。

ラナには明日も楽しく商売して欲しいからね。

◆◇◆◇◆

翌日、ラナと果物や新商品が入った冷凍庫を積んで竜石職人学校に向かう。校庭では、元ダガン村の人たちを中心に屋台が飾りつけられている。

デカい丸テーブルの上には料理が並び、屋台以外でも自由に飲み食いができるようになっている辺りはさすが食糧の豊富な『緑竜セルジジオス』ならでは、だろうか。

間もなく竜馬籠が複数の竜馬に囲まれながら降りてくる。先に降りてきた竜馬から騎士がサクサクと竜馬籠を囲うように配置して、警護体制を整える。

中から降りてきたのはゲルマン陛下と王妃ローザ様、第一王女ロザリー姫。そして、今回はなんと双子の王女ロザンヌ姫とロザベール姫も現れた。

末姫ロザリア姫はさすがに幼すぎて留守番らしいが、よもや四姉妹のうちの三姫がいらっしゃるとは驚きだ。

王族を初めて見る『エンジュの町』や『エクシの町』、近隣の村などから集まった人々は、ほぼ勢揃《せいぞろ》いの王族を見て息を呑む。想像以上に竜馬と騎士が多いと思ったが納得だ。

だが、王族がこれほど揃って見に来たとなると気球への王族の期待度の高さが窺《うかが》える。コメットさんの方を見ると、顔面蒼白《そうはく》。緊張しすぎて吐きそうな顔になってない？

「ようこそいらっしゃいました、ゲルマン陛下、ローザ王妃、ロザリー姫、ロザンヌ姫、ロザベール姫」

「うむ、久しいな、ドゥルトーニル。息災《そくさい》か？」

「幸いにも。早速《さっそく》席にご案内します。こちらへどうぞ」

硬直しているコメットさんとは違い、おじ様がすぐさま前へ出て陛下たちをお迎えする。用意されていた席に陛下たちを案内し、気球についての構造や今後の流れなどを説明していく。

胃の痛そうな表情のコメットさんもおじ様の後ろに歩み寄り、資料を片手にソワソワ待っている。

そんな中、ロザリー姫が俺とラナに気がついてにっこり微笑みかけてきた。なんだろうな、その笑顔に「後《のち》ほど温泉へのご案内よろしくお願いします」という副音声が聞こえたような気がしたんだが。

「ロザリー姫、半年ぶりね。元気そうでなによりだわ」

「ロザリー姫様、なんだかまた綺麗《きれい》になってる気がする」

と、ラナと俺の間にファーラがひょこりと顔を出す。手を振るファーラに気がついた双子姫は、ぱあ、と表情を明るくして手を振り返す。そういえば双子姫はファーラと同い年で、とても仲良くお話ししてたっけなぁ。

「エラーナちゃん、例の新商品？　の準備はいい？」

「はい、おば様。今参りますわ」

「え？　新商品って今日売る予定の？」

「ええ、まずはセルジジオス王家の皆様にご賞味頂くのよ。昨日頑張って作ったんだからギャフンと言わせて差し上げますわ」

ギャフンと言わせるって使い方はそれで合ってるの？

まあ、可愛いので間違ってても合ってるってことにしよう。

ドゥルトーニルのおば様に呼ばれたラナは、屋台に寄って冷凍庫からなにかを取り出してお盆《ぼん》に載《の》せると、それを護衛騎士に手渡す。

話を聞いていた王族に向かって、小さなカップケーキのようなものをおじ様が「気球が浮かぶまではこちらを召し上がって、過程をお楽しみください」と言って頭を下げて騎士と交代する。ラナに手渡されたのはかき氷ではなく、アイス。しかし、そのアイスはケーキ型。ラナ曰《いわ》く——。

「こ、これは」

「なんなのだ？　ドゥルトーニル、これはなんという食べ物だ？」

「はい。エラーナ女史の新作、アイスケーキです」

「「アイスケーキ？」」

お姫様方の声が揃う。キョトンとしているロザリー姫と、興味津々《しんしん》な双子姫。ローザ王妃は王妃らしく無表情だが、双子姫と似たようなワクワクとした眼差し。ゲルマン陛下は双子姫以上にワクワクした顔。この王家、好奇心が強すぎない？

「はい、その名の通りケーキの形をしたアイスです。ロザンヌ姫とロザベール姫の11歳のお誕生日のお祝いとのことで我が家で依頼したところ、エラーナ女史が特別に考えてくださいました」

「まあ！」

「わたくしたちの誕生日プレゼント!? 嬉しい！」

前のめりになった双子姫。ラナの方を見ると、こっそり「昨日誕生日だったんですって」と教えてくれた。へー、知らなかった。興味なかったし。

「あの、あの、ロザンヌ姫とロザベール姫に喜んで欲しかったから……あたしも作るの手伝ったの。よ、良かったら食べて欲しいな」

「ファーラ！ 本当に!? ファーラがわたくしたちのために作ってくださったの!?」

「嬉しい！ 本当に嬉しいわ！ ありがとう、ファーラ、エラーナ女史！」

王家の座席から飛び出してきた双子姫が、指先をツンツンくっつけて手伝いの告白をしたファーラに抱きついた。

ファーラと双子姫は初めて会った時に仲良くなっているから、２人の誕生日になにかしたかったらしい。

ただ、双子姫が今日来るかは賭けだった。来なかったとしても、ファーラが作るのを手伝ったアイスケーキを身内の陛下やロザリー姫に手渡すだけでも大変喜ばれることだろうしね。

ご本人たちが来てくれて、昨日誕生日の2人を直接祝えたのはファーラも嬉しいのだろう。子どもがわちゃわちゃ嬉しそうにしている姿があまりにも素晴らしくて、心の中で手を合わせて拝《おが》む。世の中の子どもが全員幸せであれ。

「では、そちらのケーキを食べながら、しばらくお待ちください」

ドゥルトーニルのおじ様が陛下にそう告げて、手を上げる。クーロウさんの部下たちが気球の袋部分——球皮《きゅうひ》に火を着けて熱を入れていく。

試験では本当に球皮の中の空気を温《あたた》めただけで、どんどん球皮が上に向かって大きく持ち上がっていった。

まだ数回しか見たことはないけれど、相変わらず生き物みたいですごいなぁ。

「うむ、美味《うま》い。そして気球の様子も目を離すのが惜しいほど面白い光景ではないか」

「ええ、本当に。不思議なものだわ」

「空気を温めるとあんなことができるのですね……エラーナ様は本当に博識でいらっしゃいますわ」

と、双子姫以外の王族は気球の姿に目を丸くしていた。で、当の双子姫は屋台の料理を座って食べられるように用意されていた椅子とテーブルでファーラと共に食べていた。

ファーラは自分の〝家族〟のことを王侯貴族に話すことはしないので、屋台からはクオンとクラナが心配そうに見ている。

チーズ屋の屋台にいたシータルとアルも、手伝いをしながらファーラと双子姫の会談を見ている。分からんでもない。あそこだけ、護衛の騎士もさることながら世界が違う。上品な笑い声と話し声。

あれを見て、養護施設の子どもらもファーラが俺たちについて出かけている間、どんなことをしているのかを目《ま》の当たりにした感じだろう。

まさしく〝住む世界が違う〟のだ。

その世界の差にクオンたちが神妙な面持《おもも》ちになっている様子に、少しだけ今後の関係が心配になる。まあ、あの子たちの家族の絆《きずな》は簡単には途切れることはないだろうけれど……。

「ハァイ、ユーフランちゃん、エラーナちゃん。なかなか厳《おごそ》かなお披露目になってるわネェ」

「あら、レグルス。今日は遅かったのね」

なんて、心配そうに見ていたら後ろからレグルスとグライスさん、さらにその背後にはバインダーを持つニータン。無言でファーラと双子姫の方を見ている。

「実は2人にも話しておきたいことがあるのヨ。『赤竜三島ヘルディオス』の方に新しく子どもが預けられたらしいノ。だから迎えに行こうかと思ってネ」

「新しい子ども？　何人？」

「聞いた話だと4人ヨ。生後半年と9カ月の赤チャンと、3歳と4歳の幼児」

なんと。まだ乳児じゃん⁉　3歳と4歳の子どもなんて大人がいないと生きていけないじゃん。マジか。

「ってワケだからラ、もし無理じゃなければ乳児用のミルクとして山羊《やぎ》をもう1頭飼育してくれないかしラ？　場所だけ貸してくれたらウチの子たちでお世話するし、ミルクは買い取るからラ」

「ああ、それは構わないわよ。毎日子どもたちが畜舎の掃除や家畜たちの世話をしてくれているもの。適正価格でお買い上げ頂くわ。カフェメニューにも加えておくわね」

さすがラナ。レグルスと親指を立て合い、戦友とのアイコンタクトの如《ごと》く笑い合う。

なんだこれ。

「でも、そんな小さな子が来るのならカフェで離乳食も食べられるようにしておくわね。っていうか、レグルスが迎えに行くのよね？」

「エエ、また2週間くらい留守にするワ。それと、一応コレ、渡しておこうかと思ってネ」

「これ……」

そう言ってレグルスがラナへ手渡してきた冊子を覗き込む。冊子の表題には『入学案内』とある。ああ、王都の王立学園への入学案内か。

「実はニータンをあなたたちの養子にして欲しいノ」

「「え？・」」

思わずラナと声を揃えてレグルスを見上げてしまう。

ニータンはお前が引き取るんじゃないの？　いい加減レグルスにも爵位《しゃくい》が与えられるのでは？　そのくらいの功績と貢献はしているはずだろうに。

「なんでうちなの？　レグルスが引き取ればいいんじゃないの？」

「そのつもりで申請したかったんだケド……夫婦じゃないと養子を取れないと言われたのヨ」

あ。あーーー。

「ドゥルトーニル様かクーロウさんに頼もうかとも思ったんだケド、気心の知れたアナタたちの家の方がいいかな、と思っちゃってネ」

そう視線が泳ぐレグルスの、泳いだ視線の先でおじ様とクーロウさんが腕を持ち上げ、唐突に曲げて力こぶを見せつけ合う。

あーーー。……うん。ニータンは……そうだね。

「そうね」

「でしょウ？」

ラナからも表情が消えている。ニータンとグライスさんは最初から表情がないけれど。

「養子以外の方法もあるんだケド、15歳以上とか5年以上の養育事実がなければダメとか、まあ色々と条件が満たされてなくってネ。王立学園入学は12歳からだから、タイミングが合わなくなっちゃうのヨ」

「なるほど。それはそうね」

王立学園は〝王立〟とあるが、基本的に王侯貴族が通うものだ。平民は日々の生活のために働かなければならず、子どもも労働力として頼られてしまうのが普通。

貴賤《きせん》問わず入学はできるが入学費と授業料を払わなければならないし、そんな金があるのはどう頑張っても王侯貴族か金のある商人の家の子どもだけだ。

そしてレグルスとしては12歳になったら入学して欲しい。ファーラは来年だが、ニータンは今年の9月に9歳になるので――なお、本当の誕生日とかではなく、施設に預けられた日を誕生日として歳を重ねているそうだ――ギリギリ入学に間に合わなそうなのだ。

「あら、でしたら我が家で引き取って差し上げてもよろしくてよ」

と、ここで話に参入してきたのはエリオーナ夫人だ。え、まさかの？　だってうちで一時期エリオーナ夫人を預かった時は、養護施設の子たちをボロクソに罵《のの》っていたのに？

「もちろんわたくしとカールの子どもとは差別化して育てますわよ？　それでもよろしいのでしたら、我が家で大事に育てますわ。別荘が完成しましたら、屋敷も広くなりますしね」

「カールレート兄さんち、改築でもしているの？」

「いや、こっちに別荘を建てているだろう？　俺とエリオーナが結婚したから、爵位と屋敷を俺に譲《ゆず》って親父たちは別荘を本宅にして引っ越すことになったんだよ」

「え……」

俺、それ初耳なんですが？　おじ様とおば様がうちの牧場近くの東区の方に建設中の別荘を自宅にして、『エンジュの町』の本宅をカールレート兄さんとエリオーナ夫人に譲る？

めちゃくちゃうるさいことになるじゃん……。

「アラ～、それは賑《にぎ》やかになりそうネェ」

「おば様にいつでもお会いできるようになるの⁉　嬉しい！」

ラナとレグルスの中におば様が加わったら、この辺一帯が支配されない？

「それなら本格的にこっちに本店を建て直そうかしラ」

「そうよ！　そうしなさいよ！　そうすべきよ！」

「そうよネェ？　じゃあ、温泉の近くに建てていいかしらラ？」

「それはうちの一存じゃ無理ね！　おじ様たちに相談して！」

「アーン、エラーナちゃんのイケズゥ」

温泉は拡張して、宿屋を作る予定だからなぁ。温泉宿運営はさすがに手が足りないし、王族が通うなら本格的にちゃんと囲いとか建物とかは必要だろうけれど……。

レグルス的には温泉の近くに支店があれば、色々便利なんだろう、温泉に入るという私欲含めて。

まあ、でもレグルスの支店が近くにあるのは便利かもね。いや、でも本店って言った？『エクシの町』にある本店をこっちに持ってくるってこと？　それ、かなりデカい建物こっちに持ってくるってことじゃない？　ええ？

「おお、見ろ！」

「すげぇ」

「わあ！」

って、話している間に気球の球皮が膨《ふく》らみ切った。２機の気球が重々しい音を立てて僅《わず》かに浮き上がり始め、周囲の人々は感嘆《かんたん》と驚き、ところどころ恐怖の入り混じった声を上げて後退っていく。なお、ゲルマン陛下は大興奮で前のめり。ステイステイ。

俺の祈りも虚《むな》しく、ゲルマン陛下は立ち上がって気球にズンズンと近づいていく。騎士たちが慌てて気球までの道を護衛するけれど、振り払うように球皮の中を見上げて「おお……！」と大声を出す。

「素晴らしい！　本当になにも入っていない！　熱された空気だけでこれほど巨大なものが浮き上がるとは！　おい、ドゥルトーニル！　早速乗ってみるぞ！」

「はっ。王妃殿下、姫殿下はお待ちください」

「わたくしたちも乗りたいわ」

「はい、もちろん。しかし、お召し物を汚してしまうかもしれませんのでお着替えをして頂いた方がよろしいかと……。その間に陛下を空の旅にお連れして参ります」

「まあ、そうなの……分かりました。ロザリー、着替えてきましょうか」

「はい、お母様」

おじ様がちらり、とコメットさんを見る。多分、気球に同乗するのはコメットさんの役目だったんだろう。

けれど、有人試乗の時に分かったことなのだが――コメットさんは〝高所恐怖症〟というやつだった。ラナ曰く「高いところが怖くて無理」という症状で、それはよほどのことでなければ克服できないらしい。

なにか高いところにトラウマでもあったのか、とラナが首を傾げたところユージーンさんが「あ、俺がガキの頃無理矢理木に登らせて、降りられなくなったことあったからかなぁ」と呑《の》ん気に暴露《ばくろ》した結果……らしい。

というわけで、コメットさんは気球に乗れないことが分かった。なのでおじ様に「男のくせに」というような表情でチラチラ見られている。

まあ、こういうのは男も女も関係ないし、と俺たち全員に言われて渋々黙ったけれど。

王妃様とロザリー姫は竜馬籠の中に戻り、優雅なドレスからズボンスタイルに着替えてくるようだ。双子姫も興味津々で気球を見上げていたけれど、ファーラに向き直って「ファーラ様も乗ったのですか？」と聞いている。

実は有人試乗の時に俺たちもファーラたちも一通り乗ってみましたとも。双子姫の質問にファーラは「はい、すごい景色でしたよ！　でも竜馬籠からの風景を見慣れているロザリア様とロザベール様には、別段目新しいものではないかもしれませんが」と丁寧《ていねい》に、そして完璧《かんぺき》に応対する。

ファーラの成長に涙出そう。日々努力し続けているファーラは、王族と対等に話し合えるほどになったんだなぁ。

クオンたちが施設の方でも勉強の合間に淑女《しゅくじょ》教養を自主練していたと言っていたし、本当に頑張ったんだなぁ。ほろり……。

「では、行きますよ」

「うむ！」

おじ様と騎士が1名、そしてゲルマン陛下が乗り込んだ気球がゆっくり浮かび上がる。周囲の人間から「おお……」と声が上がり、上がっていく気球を見上げた。

「すごーいすごーい！　本当に竜石も使わず空に浮かんだよ！」

「こいつぁ、ぶったまげたなぁ」

「竜石道具を使わなくても、空を飛べるのか」

「俺たちも空を飛べるのか？　な、なあ」

「いいなぁ、ちょっと乗ってみたいなぁ」

結構口々にそんな声が聞こえてくる。もしかして、これって観光の目玉になる？

「竜馬籠は王族にしか使えないような高価なものだものネェ。これはなかなかの収入源になりそうじゃないイ？」

「そうね。でも、観光地にするなら学校の校庭じゃなくて、もっと広いところにした方がいいわよね。東区じゃなくて北の方の平地がいいんじゃない？　ちゃんと周辺に囲い作って、気球を収納できるような大きな倉庫も必要だし……」

「エエ、陛下の様子を見ると、アリネェ。ちょっと企画書だけ作っておこうかしラ」

さすが、ラナとレグルス。新たなビジネスチャンスを見逃さないね……。

そうこうしていたら、もう1機の気球に着替えた王妃様とロザリー姫が乗り込む。こちらはカールレート兄さんが気球操作を行う。

コメットさんがしょんぼりしているが、高いところが苦手なので仕方ない。ユージーンさんが肩を叩いて慰《なぐさ》めている。どんまい。

浮かび上がるのもゆっくりだが、10分ほどの時間をかけて降りてきた。地面に籠がつくと、ゲルマン陛下がハイテンションで降りてきた。

「うむ！　素晴らしい！」

子どものような笑顔とキラキラした瞳で、スキップしながら座席の方に戻ってくる。そしておじ様に「天晴《あっぱ》れだ！　エラーナ女史にはまた褒美《ほうび》を与えねばならぬな！」と宣言。コメットさんがラナに対してギリィ……と悔しそうな嫉妬《しっと》に満ちた顔を向けるので、ラナが気づく前にそっと回り込んで「ラナ、かき氷の屋台に戻らなくていいの？」と聞いてごまかした。

「そうね、一度戻って様子を見てくるわ。ロザリア姫とロザベール姫にアイスケーキを渡したし、そろそろプチアイスケーキの販売を開始しないとね」

と笑顔で手を振って屋台に戻っていった。良かった良かった。……え？　あのアイスケーキ一般販売するの!?

驚いていると、ラナは今日持ち込んだ冷凍庫から姫たちに出したものより、二回りほど小さな手のひらサイズのカップケーキ型のアイスケーキを屋台に並べ始めた。

「さあ、ロザリア姫様とロザベール姫様のお誕生日を祝いまして、お2人に差し上げたアイスケーキを小さくしたものを今から販売開始いたします！　安く、食べやすくなっておりますわ！

なんと1個銅貨3枚！」

小さなアイスケーキはなんと銅貨3枚で売られるらしい。王家に献上したものとサイズこそ違えど同じものが食べられるとなれば、その場の者たちは目の色を変えて殺到し始めた。

しかし、誰よりも早くかき氷の屋台に並んだのはクーロウさんである。クーロウさんが並んだということは、その後ろに並ぶのはクーロウさんの部下たちだ。

ガタイのいい男たちがワクワク目を輝かせて並ぶもんだから、殺到してきた客たちも自然に一列に並ぶ。列に横入りしようものなら、あのガタイのいい集団に睨まれるもんね。

若干、警護の騎士もチラチラ見ているのが気になるけれど。

「相変わらず商売上手ネェ、エラーナちゃんったラ。アタシも負けてられないワ！　さっさと子どもたちを迎えに行って、仕事に戻らないとネ！」

「ああ、すぐ発つの？」

「エエ、そのつもりヨ。今月いっぱいはいないと思うケド、帰ってきたらまたみんなでご飯でも食べまショ。じゃーネ！　行ってくるワ！」

「ああ、気をつけてね」

グライスさんとニータンを置いて、手を振りながら去っていくレグルスを見送る。そういえば、今回は手土産《てみやげ》的なものはいいのだろうか？

と、グライスさんを見たら、屋台の方を見ていた。あ……そういえばグライスさんも甘党だったっけ。

「グライスさんも並んできたらいいのでは？」

「い、いや、後日でいい。……今日は絶対に売り切れそうだしな」

ああ、確かに。確実に、なおかつあれより大きなサイズを食べるのなら後日カフェで注文した方がいい。さすが甘党3人衆の一角。

「それに、今月末に〝夏祭り〟をやるのだろう？　その前のメニュー試食には呼んでくれ」

「了解しました」

さすがはグライスさん……。

2章　騒がしい日常

気球のお披露目は大成功に終わった。

王族の皆様は大満足で王都へ帰ったよ。竜馬籠ならここから王都まで日帰りでイケるんだからすごいよね。

で、俺はあくびしながら1階に降りると珍しくラナがいない。

時計は朝の6時。いつもはラナも起きている時間だけど……。

「まあ、たまにはいいか」

昨日めちゃくちゃ頑張ってたしね。

手早く朝食を作って、テーブルに載せて布を被せておく。シュシュに声をかけて畜舎の方に向かい放牧。畜舎の掃除を始めようとしたところに、養護施設の子どもたちが現れた。

「おはようございますー！」

「おはようー、ユーフランにいちゃん！」

「はよー！」

「あー、おはよう。今日も手伝ってくれるの？」

「もちろんです！」

本日畜舎の手伝いに来てくれたのはクオンとアルとシータル、アメリー、ファーラ。ニータンは昨日から『エクシの町』のレグルス商会本店に部屋を与えられていて、最近はそちらで寝泊まりしてるそう。

クラナはこちらに寄らずにすぐ、カフェの開店準備。

「じゃあ、こっちは任せていい？　みんなのご飯も作ってくるね」

「わーい！」

「うん！　楽しみ！」

畜舎の掃除が終わればアルとシータルはシュシュと森に遊びに行くだろう。クオンとファーラは汚れた藁《わら》を畑に運び、新しい藁を寝床《ねどこ》や餌場《えさば》に置いていく。そのあとはカフェに行ってみんなで朝食。

「ねえねえ、ユーお兄ちゃん。エラーナお姉ちゃんは？」

「昨日すごく忙しくしていたから、ちょっとお寝坊さんかな。でもそろそろ起こしに行ってくるね」

「うん！　じゃあ、エラーナお姉ちゃんの分もカフェの方に運んでおいてもいい？」

「うん、よろしくね。ファーラ」

「任せて！」

ファーラに俺が作った朝食をカフェの方に運んでもらい、俺は自宅２階のラナの自室に向かう。ノックしてみると、反応はない。今度は「ラナ？　おはよう？」と声をかけるが、こちらも反応なし。

「ラナ、おはよう？　入ってもいい？　ご飯だよ、おーい。おはようー？　ラナ、起きてる？　大丈夫？　そろそろ起きないと……ねえ、入るよ？」

ちょっと気が引けるけれど、ドアノブを回す。あれ、鍵が開いている？　閉めずに寝たの？　不用心すぎる……。

こっそりとドアの隙間からラナの部屋を見ると、なんとラナはテーブルに突っ伏したまま寝ている？

「ラナ、おはよう」

声をかけるが、無反応。すーすー、というささやかな寝息。うーん、と少し考えてから、大きめな声で「ラナ」ともう一度声をかけた。ダメかぁ。

ちょっと、まだ緊張しつつ部屋に入る。クラナやクオンに頼んで起こしてもらう方が、いいよね？　そう思うんだけど、肩をトントン、と指先で軽く叩く。

テーブルの上には原稿用紙とボールペン。

ああ、小説を書いてそのまま寝てしまったのか。最近夜遅くまで書いていたみたいなのに、昨日はお披露目プチお祭りの屋台で売るものを大量生産していたし、接客も頑張っていたもんね。ラナってば、昨日あれだけ働いたのに夜も小説執筆していたのか。真面目だなぁ。

「本当に頑張り屋さんだよね……」

しょうがない。ベッドのかけ布団を開けて椅子からラナを抱き上げてそっと寝かせる。起きないか心配だったけど、ぐっすり。

布団をかけて、テーブルの上はそのままにして部屋から出た。1階に戻るとクラナが「エラーナ姉さんはどうでしたか？」と言うので「今日はお寝坊させてあげて」とウインクしてみせる。そんな俺に対してクラナもクスクス笑って「分かりました」と頷《うなず》いてくれた。

「クラナも昨日は遅くまで働いていたのに、大丈夫？」

「はい。家に帰ってからクオンとファーラがお風呂を入れてくれましたし、屋台のご飯は滅多に食べられないものばかりで美味しかったですし」

そう言ったクラナはとても嬉しそう。ああ、確かに滅多に食べられないものばかりだったよね。町の食堂で出されている料理が手軽に食べられて、クラナもいい気分転換になったみたい。

「ファーラも昨日はお姫様たちの相手、頑張ってたもんね」

「ううん。ロザンヌ姫もロザベール姫もお友達だから」

「――そういえばレグルスが王立学園の入学案内の冊子を持ってきてくれたよ」

と、本棚の端に置いておいた薄い冊子をファーラに差し出した。俺とラナもまだ全部に目を通していないけれど、ファーラにもちゃんと読んでいてもらいたい。

冊子を受け取ったファーラは目を見開いて神妙な面持ちでページを開く。段々微妙な表情になっていくのはなんで？

「ク……クールガンくんは『青竜アルセジオス』の学校に行くんだよね？」

「え？　う、うーーーん……」

ファーラの質問に、腕を組んで悩む。クールガンはファーラの1つ下なので時間的な猶予《ゆうよ》はある。クールガンの様子を考えると、ファーラのために『緑竜セルジジオス』の王立学園に留学してくるだろう。そのくらいはやる。問題は『青竜アルセジオス』の中枢《ちゅうすう》だ。アレファルドは王位を継いだばかりな上、その足元は到底盤石《ばんじゃく》とはいえない。そんな中で護衛であるクールガンを国から離すのは、ちょっとなぁ。ルースをアレファルドにつけるかどうかは、親父の判断次第。でもルースをアレファルドにつけなかったのは、次期当主のクールガンの〝仕事〟だからだろうし。

あと、ルースは多分3馬鹿との相性が最高に悪い。あれは甘えん坊で立ち回りが非常に上手いし、表面がいい。その上、竜爪《りゅうそう》の繊細《せんさい》な扱い方はその他の武器にも適用される。剣、弓、槍《やり》はもちろんナイフ、銃、手製の罠など俺が得意な部類も俺より上手いのだ。この辺は俺が使い方を教えていたのだが、曰く「兄様に褒められたくて頑張って覚えた」とのことで褒めるところしかなくなってしまったよね。そんな優秀なルースは俺に対する幼児みたいな甘えたと婚約者マルチェラ嬢に対する面倒くさい天邪鬼《あまのじゃく》っぷり以外は、３馬鹿のいいとこ取りをしていると言える。

脳筋カーズ以上の武の才、ニックス以上の外面《そとづら》……もといコミュニケーション能力と情報収集能力と腹黒さ、スターレット以上の狡猾《こうかつ》さ。……唯一の欠点はスターレットに比べて勉強が嫌いな点だが嫌いなだけで苦手ではないのが恐ろしい。

なのでルースは本気になればマジであの３馬鹿を蹴落とすのも難しくはないんだろうなぁ、とは、思う。そう思うとロザリー姫がルースに目をつけたのは、さすがの慧眼《けいがん》と言える。だが、やってできるからやるかと言われるとやらないだろう。なぜなら面倒くさいから。

そこは出世にまったく興味を惹かれない我が家の血筋。自分の興味のあること、好きな人、家族以外はどうでもいいのでそんな面倒なことはしないし、アレファルドの世話なんてもっと面倒くさがってやらないだろう。

ルースは俺に輪をかけて面倒くさがりだし、興味ない人間相手への態度の適当さは楽観的な考えを持たせかねない。なまじ頭の回転がいい分、楽な方への誘導が上手いのだ。それはすぐに楽な方に逃げようとするアレファルドや3馬鹿を、改めて破滅の道に導きかねない。

俺が実家を出る理由にも憤っていたので、もしもルースが悪意に満ちて4人を嵌《は》めようとしたら……！

しかもクールガンが『緑竜セルジジオス』に留学したいと言い出したら、絶対ルースに話がいく。他に適任者は思いつかない。アレファルドも年齢的に「ルースがいるのに、なんでクールガンを先に寄越したんだ？」と親父が先にクールガンをつけた理由を深く考えずに受け入れそうだし！

「ど、どうしたの？」

「い……いや……」

まずい、こわい。足元ガタガタのアレファルドにルースをつけるのは不安すぎる……！　あいつはマジであの4人と最高に相性が悪い！

俺があんまり真剣に頭を抱えているので、ファーラに心配されてしまった。いや、でもさ、別に今すぐってわけじゃないし、あの馬鹿たちも頑張って成長していると親父たちも言っているし、前王陛下もご存命でサポートもされていると思うし、きっと大丈夫……。

「まあ、別に今年の話じゃないしね！」

「え？　う、うん、そ、そうだね」

「ファーラが『緑竜セルジジオス』の王立学園に通うかどうかの方が、話としては早く決めなきゃいけないことだよ。クールガンが気になるなら、別に『緑竜セルジジオス』の王立学園じゃなくて『青竜アルセジオス』の貴族学園を選んでもいいし、本格的に勉強したいのなら『紫竜ディバルディオス』が一番偏差値が高いし、専門的な分野の数が一番多いのは『黄竜メシレジンス』の王立専門学校でもいいし」

「学校ってそんなにいっぱいあるの⁉」

ファーラとまったく同じことを叫んだのはクオンだった。食器を並べ終えて、まだ寝ぼけ眼《まなこ》のアメリーを椅子に座らせているところを中断して、目を大きく見開き叫んだらしい。まあ、学校なんて一国に複数あるもんだしね。『緑竜セルジジオス』にも新しく竜石職人学校が開校したばかりだもん。

「クオンも学校に興味があったの？」

ファーラはどうしたって通うことになるのだが、クオンも学校に通いたかったのか。このまま働いたお金を貯めていけば入学費用は大丈夫だと思うけれど、と言ったら「本当⁉」と食いついてきた。

「ねえねえ、今『黄竜メシレジンス』では専門的な分野を学べるってことは……服飾のことを学べたりするのかな？　王都のお店で働きながら勉強しようと思ってたんだけど、他の国だとドレスにも違いがあるってファーラが言ってたし」

「ああ、確かに『紫竜ディバルディオス』は夏湿度が高くて〝着物〟という独自の装いをしているね。服飾ならむしろ『紫竜ディバルディオス』の方が他国には珍しいかもよ？」

「ファーラが見せてくれたドレスみたいな？」

「そうだね……あのレベルはなかなかないと思うけれど……」

クオンが言っているのは『聖落鱗祭《せいらくりんさい》』の時にエリリエ姫が贈《おく》ってくれたドレスのことだろう。

というか、アレはもう生地も作った人もすごい。最高峰作品と言われればアレは価格的にも最高峰間違いない。デザインも他国の人間が受け入れられるよう『紫竜ディバルディオス』の着物の一部を流用しつつ、最新鋭の流行《はや》りと廃《すた》れることのない価値を付加した。そういう意味でもエリリエ姫がクラーク王子に寵愛《ちょうあい》されるのは納得なんだよな。

「あ、あたし、あんなドレスが作りたい。『黄竜メシレジンス』の学校に行ったら、作れるようになる？」

え、っと目を丸くしてしまった。クオンはニータンを追いかけたいんだと思っていたから。

でも、自分自身を高めることにも興味を持ったのか。考え方が変わったのか。どちらにしてもうちで多めにお給金をあげているので、このままお金を貯めておけば無理ではない。クラーク王子の思想が自由を尊重するもので、『黄竜メシレジンス』の女性進出は如実だ。平民のクオンが学校に通うことも、おおらかに受け入れてくれるだろう。

一応『緑竜セルジジオス』も『青竜アルセジオス』も平民が通うのを拒絶しているわけじゃないけれどね。『青竜アルセジオス』はあからさまに差別してくるから通うのも大変だろう。

そう考えると『黄竜メシレジンス』の王立専門学校はいい選択肢なんじゃないだろうか。

「じゃあ、スゥリカから『黄竜メシレジンス』の王立専門学校の学校案内を取り寄せてもらっておこう。レグルスの部下だからすぐ動いてくれると思うよ。そこに必要な受験料や入学費用や授業料や入寮料も記載してあるだろうし」

「じゅ、受験料……入学費用……学費……」

「いくら貯まっているか分からないけれど、それ以外に『黄竜メシレジンス』に行くまでの旅費、生活費、教材費、友好費……そういうのを含めると間違いなく足りないだろうから、平民が学校に行くのは大変なんだけど……本気で行きたいなら今からガチでできるだけ貯めておくか、援助してくれる人を探しておく必要があるよ」

「援助してくれる人……」

それはもちろん貴族が望ましい。というか貴族の中でもちゃんとお金のある貴族でないと厳しい。もちろんクオンに乞《こ》われれば俺が援助するのは吝《やぶさ》かではないけれど、いつか『緑竜セルジジオス』の王都『ハルジオン』で働くのなら俺たち以外の貴族との繋がりを増やしておく方がいいだろう。この場合、クーロウさんやドゥルトーニル家でもいい。特におじ様はクオンがお願いしたら、意気揚々お金を出すと思うし、おすすめ。

そこまでは言わないけれど。もしかしたらもっと別な有力貴族と繋がりができるかもしれないし、クオン次第だろう。ファーラ関係で近寄ってくるゴミ貴族もいるかもしれないけれど。その辺はこっちで分別すればいいだろうし。

「服を作って、実力を認めてもらえれば援助してくれる貴族が現れるかな？」

「そうだね。クオンは頑張り屋だし、やりたいようにやってみたら？」

「うん！　分かった！　あたし、もっと勉強して『緑竜セルジジオス』の王都で自分のお店を持つ！」

その瞳には決意がはっきりと表れている。……もう大丈夫そうだな、と思う。少なくとも、クオンはもう自立した立派な女性への道筋が見えている。気合を入れ直したクオンの姿に感慨深そうなクラナの表情。

むしろダージスとの結婚に意識の差があるクラナの方が心配なんだよなぁ。その辺今もダージスの家族とクラナですり合わせが進んでいるようだけれど、そろそろその進捗《しんちょく》の確認をした方がいいかも？

「ただいまー！　飯《めし》はー!?」

「ただいまー！　茸《きのこ》見つけてきた！」

「わんわん！」

「ぎゃにゃーん」

そこに入ってきたのは、仕事のあとに森に遊びに行っていたシータルとアル。その後ろから養護施設の番犬でブリタニースパニエルのジャウがカフェの前にお座りしている。だいぶ大きくなってきたねぇ。そろそろ番犬の訓練を始めていいかな？

しかし、レグルスが新しく赤ちゃんを連れてくるなら番犬を増やした方がいいんじゃない？この辺り、開発が進んで人が増えているし心配だ。闘犬とか飼った方がいい？　大型犬も可愛いよね。

いや、待て。でもカフェの外から聞こえた鳴き声は虎《とら》じゃなかった？　思わず外を見るとミケとジャウが揃ってお座りしている。おいおい、よく仲良く一緒にいるな？　まあ、ブリタニースパニエルは頭がいいから、ミケが竜虎《りゅうこ》で危険はないと分かっているのかもしれないけれど。

やんちゃ坊主どもが持ってきた茸をクラナが受け取る。もう食事はほとんどできあがってしまっているから、茸は昼食か夜に使おうね、と話をして冷蔵庫にしまう。それからは普通に朝食。いつもはラナがいるけれど、今日はこのまま起きるまで寝かせておくことにした。

朝食のあと、ファーラは竜石職人学校に出勤。クオンとシータルは『エクシの町』で修業兼お仕事。クラナはカフェの開店準備。最近は開発に携《たずさ》わる職人や竜石職人学校の女性や、『エクシの町』の女性が時折記念日や贅沢したい日にここまで貸し馬車で女子会ってやつに来るから最近ちょっと忙しいみたい。ラナがクラナ1人では回らなくなりそう、と心配していたから今日は俺もカフェを手伝おうかな。ああ、あとアルとアメリーも手伝わせよう。どうせ暇《ひま》だろう。

「行ってきまーす！」

「シ、シータル、今日も仕事行くのかよ？」

「は？　当たり前だろう？　おれはチーズ屋さんになるんだ！　アルも早く修業させてくれる職場見つけろよな！」

シータルはアルにド正論を言い放ち朝食前に用意しておいた馬車に、尾花栗毛《おばなくりげ》ということでうちに来た牡馬《おすうま》セージの轡《くびき》を取りつける。セージは気性が荒いのだが、毎朝世話に来るクオンとファーラ、ニータンには懐《なつ》いていた。俺に対しては俺がルーシィの相棒だからなのか結構慎重な対応をしてくれる。シータルは毎朝出勤の時に御者《ぎょしゃ》のようなことをするので、それなりに信頼を置いているみたい。

セージ的にもこの3人を町に運ぶのが毎朝のお仕事みたいになっているので、大人しく轡を繋がせる。馬車に乗り込むファーラとクオンに一声かけて、シータルが手綱《たづな》を握って馬車を進め始めた。

置き去りにされたアルは俯いて地面を眺めている。いつも2人で悪戯《いたずら》をしたり遊び回っていた兄弟同然のシータルが、こんなに変わってしまったらこうもなるだろう。俺がカフェの外席準備をしながらアーチ門の下で俯くアルを見ていると、アメリーがカフェから出てくる。

「アメリー、今日どこに行くの？」

「んー、おさんぽいってくるぅ」

「……昼食までには帰ってくるんだよ」

「はぁい」

手を振って森に行こうとするアメリー。ジャウに目配せしてアメリーについていかせる。椅子をテーブルから下ろして、テーブルを拭いてからアルに近づく。

「アル、やることないならミケ用の魚を釣《つ》ってあげて」

「にゃーん」

ミケの子どもたちは割とあちこち散歩して好き放題歩いているが、通常虎の子育ては3年から4年らしい。その期間子は親から餌をもらい、狩りの仕方を教わりながら大人になる。

ミケたちは竜虎なので、普通の虎より成長が早い。体はほぼ成獣だが、ミケの周りにはまだ子どもがついて回っているようだ。竜虎の知られざる生態なのか、ミケたちが特殊なのかは分からない。

というわけでミケはこのように今も時折子どもたちを連れて、ご飯をねだりに来るのだ。一時期は……ラナの小麦パン練習で足が遠のいていたけれど。

今日はミケの他にタマとシマが来ている。タマとシマはどちらもメス。他の子は散歩中か、狩りの練習中かな？

「ミケが側にいると魚がたくさん釣れるから、頼める？」

「う……うん」

頼みごとをすれば多少気分もよくなるかと思ったが、そうでもなかったらしい。そろそろ本格的に将来のことの相談に乗ってやりたいところだけれど、今日は忙しいからなぁ。時間を見つけて声をかけてあげよう。

「イヤアアァァ!?」

とか、思っていたら本宅の方からラナの悲鳴。起きたんだな。そして多分、時計を見たんだな。のんびりと本宅の方の玄関に向かうと、バタバタと2階から足音が下りてきた。

「寝坊したごめん！　……イヤァー！　誰もいない!?」

「大丈夫だよ。おはよう、ラナ」

「フ、フラン！」

ああ、髪もボサボサで着替えだけして慌てて下りてきたのか。近づいて跳ねた髪を撫《な》でる。

昨日の夜も一応、約束の〝寝る前のハグ〟はしているんだけれど、相変わらずドキドキするんだよね。というか、こんな寝起きのラナもすごく、可愛い。

髪もサラサラだからすぐに整ってしまうし、ツヤツヤのお肌も綺麗。ああ……本当に、愛《いと》おしいなぁ……。

「昨日も夜遅くまで小説書いていたんでしょ？　昼間もあんなに働いてたのに、あんまり無理しないで」

「う……」

一応目許《めもと》にクマなどはないし、肌荒れもない。たっぷり寝たから体調も大丈夫そうだけれど。まあ、せっかくだし俺が作った朝食を食べてもらって、今日1日はゆっくり休んでもらおう。

「昨日頑張ったんだから、今日は休みにしたら？　カフェは俺が手伝うから」

「ええ？　で、でも」

「気球のお披露目は昨日終わって、ゲルマン陛下への残りの報告はコメットさんたちがやるでしょ？　飛行船はまだまだ設計図の段階。学校は俺、今日行く日じゃないし」

「そ、そう……」

東区の開発も別に俺たちには関係ないし、他の用事がないのだから休んでもいいでしょう。ね。って、首を傾げるとラナは難しい顔をしながら前髪を自分で整える。

「ラナは働きすぎだし、ちゃんと休まないとクラナに『休め』って言えないでしょ？　最近はだいぶセーブできるようになっているけど」

「ううっ！　……そ、そうよね。たまにはちゃんと休まないと社畜の血が……！」

「鎮《しず》めて鎮めて」

まずいまずい。前世の記憶でまた〝しゃちく〟になってしまう。ラナも最近働きすぎで、休みを取っていないことを思い出したらしく「今日は休もうかしら」と腕を組む。ぜひそうして頂きたい。

「ッ……どうしよう、フラン……久しぶりに1日休みだと思うと、なにをするべきなのか分からない……！」

「あ、ああ……」

それ、俺も分かる。急に休みって言われるとどうしていいのか分からないよね。

「でも、まずはご飯食べて。カフェの方に用意してあるから」

「うううう、そ、そうね。ありがとう」

ラナをカフェの方に連れていき、クラナに声をかけると満面の笑みで「おはようございます！今日はエラーナ姉さんお休みですね！」とウキウキ。なんであんなに上機嫌《じょうきげん》？

「エラーナ姉さん、5月頃から『黄竜メシレジンス』に行ったり動き続けていたじゃないですか？　だからちょっと心配していたんです」

「うっ。確かに最近カフェの方はクラナに任せきりだものね。あんまり顔も出せないし、小麦パン屋みたいに私はオーナーになって店長の座はクラナに譲ろうかしら？」

え、と驚いてしまった。この牧場カフェはラナが「やりたい」って言ってたのに、店をクラナに任せようだなんて……。

クラナも驚いて「え、でもここはエラーナ姉さんの店じゃないですか！」と遠慮する。

「だって最近本当にお店に集中できていないし、憧れのカフェだけど関わる時間がないんだもの。こんなの店長とは言えないじゃない」

「そんなことないですよ！　今は他に優先すべきことが多いだけじゃないですか！　落ち着いたら戻ってくればいいんですよ！」

「まあ、今すぐ決めることないでしょ。クラナ、スープを温めてあげて」

「はっ！　そ、そうですね。すぐに用意しますので、席で待っていてください」

カウンターの中に戻り、鍋に残っていたオニオンスープを温める。冷蔵庫の中にあったサラダを取り出す。ラナを席に促《うなが》して、そのテーブルにサラダと先ほど焼いたばかりのパンを置く。

クラナが温めたスープを出して追加でフレンチトーストも出す。

「カフェは今日俺も手伝うから、ラナはゆっくり散歩でもしておいでよ」

「うーん、そうね。そうするわ。お散歩して、畑いじりでもして、のんびり過ごすわ。いただきます」

「うん、それがいいよ」

「畑いじり久しぶり。最近あんまり手入れしてあげられなかったもの。いくら『緑竜セルジジオス』が作物の育ちやすい土地でも、やっぱり少しはお世話してあげたいわよね」

と、サラダをむしゃむしゃ食べ始める。ああ、それなら——

「ラナ、それならアルに話しかけてあげてもらってもいい？」

「え？　なんで？」

「ファーラもクオンもニータンも学校に入学希望だし、最近シータルも仕事に打ち込んでて孤立気味なんだよね。アメリーはまだそんな将来を真剣に考える歳じゃないからいいけれど、アルは、ね」

「ああ……そういえば、最近ボッチになってたわね。昨日も屋台の手伝いを1人だけしてなかったし」

さすがはラナ。ちゃんと昨日の子どもらを観察していたんだな。シータルはかき氷の屋台にはいなかったかもしれないけれど、チーズ屋の屋台を手伝っていたし働きはちゃんと見えているんだね。

「分かったわ、話を聞いてみる」

「あ、ありがとうございます」

「なんでクラナがお礼を言うのよ」

「だ、だって、本当はわたしが相談に乗ってあげられたら良かったんですけれど……」

「いいじゃない、クラナも話を聞いてあげたら。相談できる人は多いに越したことはないわ。クラナだってもう自立しているんだから、クラナなりに話を聞いてあげるといいと思う。私も私なりにしか聞いてあげられないと思うし」

カウンターから出てきて、ラナの言葉にまた泣きそうな表情になっているクラナ。相変わらず家族のことに関して涙腺《るいせん》がゆるいなぁ。

「俺としてはマイペースなアメリーが今からちょっと心配」

「それは私もちょっと思ってた。クオンやファーラがしっかりしていたから、余計《よけい》に」

「ですよね……！」

ラナとクラナもそう思っていたのか。ま、まあ、アメリーはまだ6歳なんだし、将来のことなんてまだ分からないよね。とはいえ、6歳にもなればなりたいものをいくつか口に出したりしそうなものだけれど、そういうこともないからなぁ。

「あの子たちが『やってみたい』って思えるような仕事に、もっと触れさせてあげられたらいいんだけれど……」

「アルとアメリーは勉強も真面目にやっていませんし……本当に心配です」

「勉強できなくてもできる仕事はあるけれどね」

勉強ができると仕事の幅が広がるから、そのことを言っているんだと思う。そういえばアルとシータル、アメリーは勉強をよくサボっていたっけ。アメリーはロマンス物語小説で文字はかなり読めるようになったみたいだけれど。

「ご馳走《ちそう》様。それじゃあ、行ってきます」

「うん、行ってらっしゃい」

「ゆっくりしてきてくださいね」

ラナが食器を片づけようとしたが、それを受け取る。はい、ゆっくりしてきてね、と玄関に誘導。シュシュが駆け寄ってきたのでラナの散歩につき合ってあげてね、と言うと「ワン！」と元気のいい返事。うん、今日も可愛い。手を振りながら畑の方に行くラナとシュシュを見送ってから、カフェの方に戻るとダージスの母親がアーチ門を潜《くぐ》ってくるところだった。

「おはようございます。ユーフラン様」

「おはようございます、レージェ夫人」

黒髪を頭の上にお団子《だんご》にした、かなり痩《や》せた女性。去年までは『青竜アルセジオス』の貴族だったが、『竜の遠吠え』で起こったトラブルを機に家族全員で『緑竜セルジジオス』にやってきた。そのため、今は貴族籍を失い『緑竜セルジジオス』の平民という立場。ダージスは今東区の開発で各所の交渉代行なんかをやって走り回っているので、ドゥルトーニルのおじ様とかに男爵位の推薦《すいせん》をしてもらえそうだけれど。

クラナとダージスの結婚話が進んでいないのは彼女の影響だと聞いている。平民感覚の強いクラナと、貴族感覚が強いレージェさんの感覚のズレ。これが家族関係を破滅させるとダージスは思っているという。話を聞いただけだと俺もそう感じた。

そうか、今日はレージェさんがカフェに来る日だったのか。しかし、お1人で？　意外でうっかり「本日旦那《だんな》様は？」と聞いてしまう。

「旦那は竜石職人学校の方の後片づけを、息子と一緒に手伝いに行っているの。そのあとは東区の領館《りょうかん》の整備に戻るそうですわ。はあ……本当はそんなもの、使用人の仕事だと思うのだけれど……」

「そうは言っても、使用人なんて今はいないのでしょう？」

「それは……そうなのだけれど……」

と、頬《ほお》に手を当てたまま俯いてしまう。ダージスの言っている通り、レージェさんはまだまだ貴族だった頃の感覚が大いに残っているようだ。まあ、でも……これが普通だよねぇ。公爵家の令嬢として品行方正な淑女、王を支える王妃教育を受けておきながら、平民生活に即適応するラナがおかしい。普通におかしい。レージェさんが普通。

勘違いしてはいけない。虎が人間の子どもが魚を釣るのをお座りで待っているあの光景も普通ではない。忘れるな、俺。

「仕方ないのではありませんか？　今の夫人は『緑竜セルジジオス』の平民なのですし」

「っ……」

そんなショックを受けたような顔をされてもねぇ。

「ね、ねえ、ユーフラン様はこの国で爵位を戴《いただ》いたのでしょう？　どうしたらわたくしたちもこの国で爵位を戴けるかしら？　アレファルド様が王となられた『青竜アルセジオス』には恐ろしくて帰れないし、この国は食糧にも困らないから領地運用もしやすそうだし……できればこの国でまた貴族としてやっていけたらと思うのだけれど」

おずおずとだが、半笑いでそんなことを聞いてきた。アレファルドへの信用のなさがこんなところでも俺に影響してくるのは、なんというか……まあ、いいけどさ。

「ダージスの働きによってはドゥルトーニルのおじ様が推薦してくれると思います。それで爵位は戴けるのではないでしょうか。ただ、あくまでダージス個人へ準男爵程度の爵位ですが」

「そ、それでは平民と変わらないではない」

「爵位とはそういうものですからね。貴族なのですから、そんなことは百も承知かと」

「そ、それは……」

一度国を出て爵位を返上したのだから、一から出直しは当然。まして他国の爵位を得るのは相応の功績が必要だろうに。……俺とラナは静かに生きるつもりだったんだけれど、こうなってるから説得力ないけどね。

「いい加減現実を受け入れて、直視すべきだと思います。生き方を変えるのは難しい、というのは分かりますけれど」

「っ……そ、それは……分かっているのです。でも……難しいんですわ」

「なんでもいいですが、だからといってご子息の未来を狭《せば》めるようなことはなさらない方がいいです」

結構、俺の本気の忠告。沈黙するレージェさん。なんとなく、まだ抵抗している感じがする。この葛藤《かっとう》が、普通なんだと思うけれど。

「正直ダージスのために、俺があなたにこういうことを言う必要はないんですよ。それに、ダージスが将来の嫁を優先してあなたを捨てる選択肢もありますし」

「そ、そんな……!?」

「だからちゃんと現実を見て判断してください。家族も帰る家もなくなるよりは、平民の生活をする方がはるかにマシでしょう？」

と、言うとさすがに観念した表情。これでクラナに寄り添うように話してくれるといいんだけど。

ダージスはどうでもいいんだけど、やっぱりクラナが抱く〝普通の家族〟は叶《かな》えてあげられたらと思う。家族っていいものだしね。

「こんにちは、ユーフラン様」

「今日は学校の方へは行かないのですか？」

と、レージェさんをカフェへ見送ってから俺も店番に戻ろうかと思った時、町の方からご婦人のお客様たち。昨日の余韻《よいん》が残っているのか、若い女の子たちもお母さんたちについてきたみたい。

目配せしたお母さんたちに対して、年若い娘さんたちが俺の周りを囲む。

「私、ユーフラン様とお話ししてみたいと思っていたんです」

「あたしも」

「ユーフラン様って、『緑竜セルジジオス』のお貴族様は第二夫人を娶《めと》れるのをご存じですか？」

「……あーー……知ってるけど興味はないんだよね」

察した。しかし、俺のこの髪色と目の色はこの国の人たちにとって忌《い》むべき色のはず。やはりよく見れば、女性たちの目許や口元が引き攣《つ》っている。親に無理矢理迫るように言われたんだろうな。

母親たちの方は、俺やラナがよく行く商店街では見たことがないので、『エンジュの町』の方から足を延ばしている富裕層だろう。

昨日の気球お披露目は王族が来るということで、ドゥルトーニル一家のように余裕のある家が訪れていると聞いていた。だとしても既婚の俺に自分の娘をけしかけてくる神経の図太《ずぶと》さは平民の中でもなかなか無謀なように思う。

最近〝貴族モード〟になってないから、舐められてるのかも？　でも面倒くさいしなぁ。

「そうおっしゃらず。お金に余裕があるのでしたら2人、3人娶って子を養うのも貴族のお役目ではございませんか？」

「ああ、そういう考え方でしたらお引き取り願いましょうか」

面倒くさいけど、これ以上舐められるともっと面倒ごとになりそうだな、と思ったので髪をかき上げて母親たちの方を見下ろした。もちろん、ラナよりはすぐに切り替えられないけれど〝貴族モード〟で。

「妻以外を幸せにはできそうにないんですよね。血筋のこともありますし、平民の嫁や子なんてどう扱えばいいのか分かりません」

「っ……」

軽薄そうな見た目で軽〜くそう告げて微笑むだけでご婦人方の顔が思い切り引き攣る。さすがに自分の娘を、こんなことを言う男のところに嫁がせたくはないだろう。ましてこの辺も赤を忌避する風習が根強いもんね。

俺がそう返したことで娘さんたちも2、3歩下がって母親たちの横に戻った。うんうん、こういう時は自分の軽薄な容姿がとても助かる。

「——で、まさかうちの妻にも同じことを言ったりはしていませんよね？」

首を傾げて目を細めて微笑んでみせた。普段『エンジュの町』に住んでいるご婦人方では、ラナにちょっかい出せるとは思えないし、ちょっかいを出したところで返り討ちになりそうではあるけれど……余計な心労はかけたくないしね？

「そ、そんなことは」

「そうですか。それならいいですけど……彼女は他国の、王家に近い高貴な出身なので、つまらない話を耳に入れたくないんですよね」

「そ、そう、なのですわね……」

「ね、ねえ、今日はもう帰りませんこと？　本当はカフェの方でかき氷やアイスケーキを頂けたらと思っていたのですが、『エンジュの町』に帰る準備をし忘れてきたんですよ」

「い、いけない。私も」

「そうね、そういえば私もだわ。せっかくここまで来ましたけれど、お暇《いとま》させて頂きます」

「そうですか」

笑顔のまま、来たばかりの女性たちを乗り合い馬車の方までお見送りする。乗り合い馬車の御者は自分もカフェでコーヒーでも、と思っていたらしく、馬に水を与えてうちの畜舎に預けようとしていたのに客がもう帰る、と言い出して目を丸くしていた。

可哀想《かわいそう》に。違う機会にぜひまた食べに来ておくれってね。

「ん？」

入れ違いで新たな馬車が入ってきた。今度の馬車は隠し家紋《かもん》が入っている。隠し家紋とは、王侯貴族がお忍びで出かける時に馬車に入った家紋を上から布を被せて隠すやり方。それだけで馬車に乗る人間の身分が王侯貴族のお忍びと、分かる者には分かるようになっているのだ。

しかし、残念ながらあの馬車には見覚えがあって口元が引き攣った。中にいた男女にも。見覚えがありすぎて息が止まるかと思ったよ。

「アルベルト陛下……!?」

「シー」

慌てて扉を開けようとしたが、御者席から平民に扮した騎士が降りてきて扉を開ける。そこから降りてきたのは『青竜アルセジオス』の前王陛下。次に降りてきた女性はその前王アルベルト陛下と婚約したデルハン医師。

　馬車から降りてきたらデルハン先生がすぐに前王陛下に寄り添って、杖《つえ》をついて歩き出す。すごい、去年の『聖落鱗祭』では車椅子に乗っていたのに。杖は本当にただの補助。お１人でも歩けるようになっている。

　俺が驚いていると、前王陛下は唇に人差し指をあてがい歩み寄ってきた。

「すまんな。たまにアレファルドを１人にして、様子を見てみようと思って」

「だ、だとしても、護衛もこれだけというのは……」

　御者は２人とも騎士が扮している姿。馬車の後ろの荷置きに立つ２人も騎士だろう。だとしても合計４人。少ない少ない。いくら前王であっても、最近この辺りには盗賊団も出ていると聞いたばかりだし！

「なに、どうせ君がいるのだから」

「うっ」

　その言葉の裏には、守護竜セルジジオスから爪を与えられた〝始祖《しそ》〟である俺への信頼とどデカい牽制《けんせい》の意味がある。いやぁ、でも、俺別に『青竜アルセジオス』を裏切るつもりでこの国に来たわけじゃないですし『緑竜の爪』を欲しくて頂いたわけでもないですし。

「それに、だいぶ体調がよくなったからな。自然豊かなところで療養するのもいいかと思うてな」

「ッ、あ、あの、それは……ア、アレファルドは……」

「もちろんまだそこまで手は回らんだろう。ジルドロッセもなにかしら手を打つ前に、こちらも多少牽制はしておきたい。まあ、私のことは隠居ジジイが療養に来たとでも紹介しておくれ。そうだな、君の叔父《おじ》とでも紹介してくれればいい」

「えぅぉ……」

助けを求めるようにデルハン先生を見るとウインクされた。あ、助けるつもりはないということですか……そうですか……。

「しかし、どちらに泊まるおつもりですか？」

「君の家はずいぶん大きいようだし、一晩くらい泊めてもらえるかな？」

「ちょおおおお……！　ちょ、ちょっと妻に確認して参ります……！」

「ははは、そんなに急がなくてもいいよ。動物を見ていても大丈夫かね？」

「はい、それは、もう……！　お、お足下にお気をつけて！」

と、言うと前王陛下はニコニコ笑いながら「ありがとう」とお礼を言われてデルハン先生と共に歩いていく。腕を絡め、イチャイチャしている。

……いいなぁ。大人のカップル、って感じだなぁ。

そうか、普通のカップルってあんな風に触れ合いをするものなのか。ボディタッチにも会話にも、お互いへの信頼が垣間《かいま》見える。

デルハン先生はとても小柄でアレファルドより8つほど年上。それでもたったの8つ年上で、そんな〝お姉さん〟が自分の父親とイチャイチャしていると思うと本当につらいだろうなぁ。

しかし、前王陛下の人柄がいいので幸せそうな姿が大変微笑ましい。

「っと——早くラナに報告しないと」

さすがに陛下がうちに泊まる、とか言い出しているし慌てて川の方へとラナを探す。ミケを隣にアルが釣りをしているところに一応声をかけて、ラナが橋を渡ったかどうかを聞いてみた。

「エラーナ姉ちゃんなら『黒竜ブラクジリオス』の方に行ったよ」

「そう。ありがとう」

アルの将来について話を聞いてあげて欲しい、って頼んだけれどタイミングは帰り道にそれとなく声をかけるつもりだったのかな。最近あっちにも行ってないしね。そう思いながら川を越えた『黒竜ブラクジリオス』側の森に小走りで進む。

そこでふと、竜力の流れを感じる。緑竜セルジジオスに『緑竜の爪』を与えられた時、竜力をより感じるようになったおかげで『黒竜ブラクジリオス』の竜力と『緑竜セルジジオス』の竜力、『青竜アルセジオス』の竜力がどんな感じで溜《た》まっているのかが分かるようになっているらしい。複雑に入り混じってるな。

「あ、ラナ」

「あら？　フラン？　どうかしたの？」

森の奥で、呑気にカカオ豆を採集していたラナをようやく見つけた。俺が探しに来た理由を話すと、一気に顔面蒼白になる。

「ぜぜぜ前王陛下⁉　なんでそんなことになるの⁉」

「多分この辺りの開発が進んでいるから牽制と下見、かな。アレファルドはまだそこまで気が回らないだろうから」

「即位してもまだまだ手がかかる息子のためってことね」

まあ、その通り。どストレートに言ってしまうなぁ。

「どのくらい滞在されるつもりなのかしら……っていうか、うちに泊められる部屋なんてないのに、どうしよう？　さすがに子ども部屋は無理よね？」

「大人2人が泊まれる部屋ではないよね。ベッドも2段ベッドしかないし」

「料理もどうする？　陛下はラナの料理を食べ慣れてないから、なにを出しても喜ばれると思うけれど……」

「王族に出す料理を自分で作るなんて嫌よ！」

「だよねぇ」

以前アレファルドとトワ様をセルジジオス王家がお迎えした時の料理は、ラナがレシピを提供して城のシェフが作った。しかし、護衛はいたけどさすがにシェフはいなかったし、陛下の料理は俺たちが用意しないとダメだよね。いや、でも問題なのはやはり寝るところ！

「東区で陛下が泊まれそうなところあったかしら？」

「ないかなぁ」

おじ様の別荘はまだ未完。さすがにセルジジオス王家の別荘にご案内はできない。竜石職人学校も無理でしょ。養護施設も……ないよねぇ。

「あ、いや、東区の領館は？　あそこも建設途中ではあるけど、コメットさんたちが今寝泊まりしてるでしょ？」

「ああ！　あそこなら広さも十分だし、コメットさんたちが王都から連れてきたシェフもいたわよね！　温泉も近いし、それがいいわ！」

こくり、と頷き合う。領館はクーロウさんたちが頑張って建設しているが約5割、といったところ。かなりデカくて学校と同じ規模。それでも自分の屋敷に泊めていたコメットさんたちを、さっさと追い出したかったクーロウさんにより領館の宿舎エリアはソッコーで仕上がった。

あとのことは、あっちに丸投げしよう！

「そうと決まればフランは領館の方に知らせて！　私が陛下たちをなにがなんでもそっちに連れていくわ！」

「了解！」

多分それがいい。予想だけど、前王陛下が最初にうちに来たのってラナに会いに来たのだと思う。去年の『聖落鱗祭』では、ゆっくりとラナに息子の暴走について謝罪ができていなかったから。

今まで床に臥《ふ》せっていたことを思うと、致し方ないのだが……前王陛下の性格的に直接会って、しっかり謝りたかったんじゃないかな。

デルハン先生はその辺りも含めて了解してくれているだろうから、ラナに任せて大丈夫のはず。俺はラナに言われた通り、前王陛下の案内を任せている間に領館の部屋を整えるべきだよね。と、いうわけで猛ダッシュ。夏の陽射《ひざ》しに加え、『竜の遠吠え』後の暑さに数秒で汗が滲《にじ》んでくる。東区に辿《たど》り着いた頃には汗だくなんだが。

東区は開発が進んでいるとは言っても、紅獅子の森があるのでそれ以外の森を切り開くところからだ。整地もしなければならず、大きな屋敷は元々草っ原だったところを優先に建設している。

領館に入ると、玄関ホールからもうすでにひんやりした空気。クーラーが真正面の壁上部に埋め込まれているのだ。2階の手摺《てす》り真下の床から調整できるようにしてあり、クーロウさん渾身《こんしん》の新技術といえよう。

最初は「へー」って程度だったけれど、これ、最高だな。暑い野外から領館に入るととってもも涼《すず》しい。生き返る〜。って、涼んでいる場合じゃない。コメットさんは昨日のお披露目会場の後片づけなんて行くわけないから、領館の自室で書類仕事でもしているだろう。

昨日のお披露目でゲルマン陛下が気球の成果を認めたので、追加の人員が派遣されてくるはず。そういう人間たちをまとめる役目も任されるだろうから、その準備も兼ねて忙しいんじゃないだろうか。

ぶん投げる気満々だが、『青竜アルセジオス』の前王陛下をコメットさんに丸投げするのはちょっと気が引ける。今日は領館に泊まるしかないかなぁ。

「おや、ユーフランくんじゃないか。どうしたんだね？」

「マーセルさん」

ふう、とハンカチで汗を拭《ぬぐ》いながら俺の次に玄関ホールに入ってきたのはダージスの父、マーセルさん。彼は『青竜アルセジオス』で領地を治めていた元伯爵。現在は領館で資格を活かして交渉人を行なっている。しかも、『緑竜セルジジオス』国民権を取得後は他の資格も取得しようとかなり勉強しているようだ。俺にまで色々質問してくることがあった。

年下の俺に聞くのは、プライドが邪魔するだろうに。

そんな真面目で誠実な人なので、交渉人としての信頼が厚く、クーロウさんやドゥルトーニルのおじ様からも頼りにされている。主に、この東区の開発に王都から派遣されたコメットさんみたいな貴族や『青竜アルセジオス』のダガン村関係者、『黒竜ブラクジリオス』の辺境伯などとの話し合いで活躍しているらしい。

らしいっていうのは、俺が思い切りノータッチな部分だからである。外交官みたいなお使いをやっていた俺にこそ、やって欲しいという声もあったけれど……元々俺の軽薄な見た目は外交官には向かないんだよね。当時は未成年の若造だったし。

そんな俺がやるよりも、マーセルさんがやった方がいいと思って色々情報提供はしているってわけだ。……面倒くさくてマーセルさんに丸投げしたとも言う。

いやいや、適材適所でしょ。

「実は大変な客人がカフェに現れまして――」

「どういうことですかな？」

眉《まゆ》を寄せて、怪訝《けげん》な表情になったマーセルさんに前王陛下が現れたことを話す。この人も元々『青竜アルセジオス』の貴族。しかも3馬鹿のせいで家族が路頭《ろとう》に迷うことになった、被害者だ。

前王陛下がいらっしゃっていることに、目を剥《む》いて驚いた。

「な、な、な、な、な、っっっ！」

まあ、そうなりますよね。

「それは、確かにこちらに来て頂いた方がいいね。最上階の一番大きなお部屋を――」

「陛下は杖をついておられましたので、せめて2階の方がいいのではないでしょうか」

「ああ、それはそうだね。2階の客間をすぐに手配しよう。夕飯もメニューを再考するように
……いや、その前にシェフを貸して頂けるよう、コメット様に交渉してくるよ」

「お任せします。必要なものは俺がなんとかするので、言ってください。妻が陛下をこちらに
連れてくると思います。いつ来るのかは今確認してきます！」

「分かった。こちらも準備を進める。あ、護衛はもちろん連れてこられているのだよね？」

「はい。4人ほど。それと、婚約者のデルハン先生も同行しておられました」

とは答えたけれどいくら退位しているからといっても、王族が他国に行くのに4人は少なす
ぎる。公的な訪問ではないから、と言われると妥当な人数かもしれないけれど。

「では部屋と食事は6人分だね。クーロウさんのお屋敷から、ハウスメイドをお借りしないと
いけないかもしれない。心配なのは、ベッドが6部屋分あったかどうか……」

「ああ……」

こちらは建設途中だから、部屋はあっても家具が足りない。掃除も足りない。宿舎区画はコメットさんとユージーンさん、ユージーンさんの部下のために最優先で完成させた。家具もクーロウさんちでお弟子さんたちが練習で作ったものまで入れて、間に合わせたとか。あらゆるものが足りないのだ、どうしよう。

「ともかく、陛下をお迎えできる程度には必ず仕上げるので」

「よろしくお願いします」

つまり、部屋の準備が整うまで時間を稼がなければならない——と！

丸投げする以上仕方ないね。お任せください。

ふう、と溜息《ためいき》を吐《つ》いて領館を出て、一路カフェの方に帰る。ラナに時間稼ぎの件を伝えないといけない。

道はクーロウさんとレグルスの伝手《つて》で集められた土木工事の職人が、舗装を行ってくれているからだいぶ綺麗に整えられている。とはいえ、うちの牧場に帰るには森を突っ切らなければいけないんだけどね。その森は畜舎の後ろに繋がっており、自宅が近づくと「ンモー」という気が抜ける牛の鳴き声が聞こえてくる。

「ただいま」

「ヒヒン」

畜舎の放牧場に近づくと、ルーシィから声をかけられる。お腹はそこはかとなく大きくなっており、妊娠《にんしん》している、と見る人が見れば分かる姿になった。

「ラナと陛下はどこかな？」

「ヒィン」

「そっか。ありがとう」

ルーシィに聞いてみると、陛下たちは放牧場に立ち寄り、動物たちをひとしきり撫でたあと帰ってきたラナとカフェに行ったらしい。

手を目の上へ翳《かざ》して陽射しを遮《さえぎ》りながら、カフェの方を見上げてみる。するとカフェの2階テラス席、パラソルの下でラナが前王陛下とデルハン先生にお茶を出していた。ナイス〜。

カフェに入って2階に登り、テラス席に行く。ラナが俺に気がついて、振り返る。ああ、陽射しが逆光になって、キラキラ輝く森や畑、川を背後にしたラナのなんて美しいことだろう。目を細めて見惚《みと》れていたけれど、見惚れている場合ではない！

「ラナ、ちょっといい？」

「ええ。今クレープを出して休んで頂いているの。アイス入りよ」

「さすがぁ」

陛下はアレファルドが『千の洞窟』で氷遊びしていた頃から、氷を食べられていなかったからアイスは新鮮だろうな。

「それで、領館の方なんだけど準備に時間が欲しいって。護衛騎士の分も部屋や食材を用意しないといけないから」

「そ、そうよね。普通に考えて6人って団体さんだもの。どのくらいかかるのかしら？」

「クーロウさんの家から使用人を借りてくるって言ってたから往復1時間と、そこから準備となると2時間か3時間はあるといいんじゃないかな」

「そうね……それじゃあ、このままお茶会を楽しんでもらって……」

と、ラナと話していると、デルハン先生と護衛騎士が前王陛下を覗き込んで声をかけている。

ラナと一度顔を見合わせてから、俺たちも近づく。

「どうしました？」

「はしゃぎすぎたようです。少し熱が上がってきていて……。横になれるところと、冷たい井戸水を桶《おけ》に頂けませんか？」

「っ！　それなら……」

ああ、前王陛下は元々体が弱い。杖が補助になって自分で歩けるようになっていても、虚弱なことに変わりはない。久しぶりの外国ではしゃぎすぎて熱が出てしまったのか。

こうなっては子ども部屋がどうとか言っている場合ではない。部屋の掃除は子どもらが突然の泊まりの時のために、こまめにしてくれているから大丈夫だと思うけれど。

「氷を使ってください！」

「氷を……？」

「飲み物用の氷があるから、それをタオルで包んでおでこに載せてください。水を通さない薄い布があればいいんだけど……」

水を通さない薄い布？　さすがにそんな不思議な布はすぐに用意できない。なんて考えていたらデルハン先生が「防水に優れた大きな葉があると、メリンナ先生に聞いたことがあるのですが」と言い出した。なにそれ、俺知らない。

「雨水を集めて自分の根元に落とす習性のある葉で、この辺りにも生息しているそうです。プラセ草という名前で、『黒竜ブラクジリオス』側に近いところに生えていたと聞いたんですが」

「それならすぐに探してきますわ。フラン、そのプラセ草っていうのを探してきてもらってもいいかしら？　私はベッドと氷を用意するから」

「了解」

「自分も探すのをお手伝いします」

そう名乗りを上げた護衛騎士の1人に手伝ってもらい、水を弾《はじ》くというプラセ草を探し始める。そうだ、どうせなら――。

「アル！　ちょっと探し物手伝ってくれる？」

「え？　なに？」

「プラセ草っていう水をものすごく弾く草があるらしいんだ。知らない？」

川でまだ釣りをしていたアルに声をかけた。隣ではミケとその子ども2頭が、アルの釣った魚を丸呑みにしている。竜虎が3頭もいたら、そりゃあいくら護衛騎士でも腰が引けるのは仕方ないよなぁ。

いや、でもここはミケたちにも聞いてみるか？

「水を弾く草？　あ、それなら知ってる！　『黒竜ブラクジリオス』の方に、水色の薄ーい葉っぱがあるんだ！　こっちだよ！」

おそらくそれのことだ！　良かった、アルの森探検がまさかの役に立つとは。

橋を渡り、アルの案内でプラセ草かもしれない草を取りに行く。今までラナと行っていた道とは別の方向――川からより『青竜アルセジオス』に近づいた方向に、澄んだ小さな泉があった。

え、俺こんなところ知らなかった。こんな場所があったんだ？

なんて驚いていたが、よく見るとそれは泉ではなく薄い水色の草の群生地だった。

「なにこれ、こんなところがあったんだ？」

「へへー、すげーだろ？　ファイターラビットの親子が教えてくれたんだ！　水を弾く草だから、雨の日はこれを雨除《よ》けにするんだって」

「ヘェ～」

傘にしているってことか。その光景、相当可愛いんだろうなぁ。ちょっと見たい。

近づいて採集してみると、思っていたよりもデカかった。俺1人簡単に覆ってしまえる大きさ。確かにこれだけ大きい葉が群生してたら泉にも見えるな。

しかも、柔軟性もある。伸ばして丸め手元に戻すと、ヒラッと元に戻った。なにこれ、不思議な植物だな。

「面白いね。アルが場所を知ってて助かったよ。ありがとう」

「え、えへへ。まぁね」

普段森を探索していただけはある。褒めるとアルはなかなか見ない笑顔で喜んだ。最近1人取り残されていたような感じだったから、役に立てて嬉しかったんだろうな。

「……アルってさ」

「ん？」

「この辺りの案内人みたいな仕事をしたら？」

「え？」

と、思ったのにはちゃんと理由がある。アルは土地勘を身につけるのが早いのだ。

シータルに以前聞いたのだが、あの炭酸泉を見つけたのもアルが先。多分、探検家というか……そういう気質なんだと思う。

「東区は今めちゃくちゃ開発進んでいるでしょ？　将来的にこの辺りは、３国の国境を繋ぐ町になると思う。かなり広範囲の町になる」

開発で今なにが起きて、どこになにが建つ、新しい店が開店した——などなど、この近辺はどんどん変化していく。俺でさえ追いつけそうにないほどに、きっとすごいスピードで。

「そういう周辺の変化を知っている人間が１人でもいると、役に立つ。アルはそういう案内人みたいな仕事をしたらいいんじゃないって、思っただけ」

「町になるの？　この辺」

「多分ね。そのうち入植者の募集も始まると思うよ。いがみ合ってるより、手を取り合う方が守護竜たちは喜ぶし国としてはお互いを牽制して見張っておきたいと思う」

って、いうのはアルには分からないだろう。３つの国の国境を繋げる町なんて、今までの各国の関係を考えるとありえないけれど——これからも同じってわけではない。

チラリ、とアルを見下ろしてみると、俯いて考え込んでいる。

「すぐじゃなくてもいいよ」

「え、あ……う、うん。でも、ちょっとまだよく分からない」

「うん、そうだね。ゆっくり考えなよ。じゃあ、戻ろうか」

「うん」

アルを連れて自宅に戻る。ラナが自宅の1階にいて、俺が持ってきたプラセ草を見て口をあんぐり。可愛い。

「お、大きいのね？」

「うん。俺も驚いたよ」

そこへ、2階から降りてきたデルハン先生。俺が手に持っていたプラセ草を目にしてパァ、と目を輝かせた。

「それです、それ！　本当に見つけてきてくださるなんて……しかも、こんなに早く」

「確かにかなり柔軟性があって、でもかなりしっかりしてて布みたい。……そうだわ！」

ラナはプラセ草を持ったまま、なぜか手芸箱を持ち出してきた。ハサミでスッ、スッ、とプラセ草をカットする。そしてハンドミシンでタタタタと、縫《ぬ》い合わせた。俺とアルとデルハン先生は、それをポカーンと見守る。

「できた！」

と、手のひらサイズの四角い箱型に仕上げ、上の方を紐《ひも》でキュッと結べるようにした。その中に氷と水を入れてブンブンと振るう。

い、一体なにをしているんだ？

「うん、溢れないわね。デルハン先生、ちょっと持ってみてください」

「え？　は、はい。……え？　なにこれ、冷たい……⁉」

「簡易的な〝氷囊《ひょうのう》〟です。氷水で体を冷やす道具ですわ」

「こんなものが……」

と、デルハン先生は目を丸くして感動している。『紫竜ディバルディオス』にはないのかな？　いや、『青竜アルセジオス』にも『緑竜セルジジオス』にもないから、きっとラナの前世の道具かな。へぇ、そんなものまであるのか。

「『紫竜ディバルディオス』では濡れ手拭いしかありません。氷水はあっても、それをこんなふうに包むなんて……考えたこともありませんでした。素晴らしい！」

「保冷ができればいいんですけど、それは即興では無理といいますか……」

「いえ、十分です。すぐにあの人のところへ持っていきますね」

「はい、よろしくお願いします！　私、予備でもう1つ作っておきますね」

とラナは氷囊とやらをデルハン先生に託して残りのプラセ草で、氷囊をもう1つ手早く作り上げた。スッゴ！

「この大きさならもう1つ作れそうね」

「すごいね、ラナ。こんなことを考えるなんて」

「あ、ま、まあね」

俺が声をかけるとハッとしてアルの方を見る。あ、そうだった。

「アル、今体調を崩《くず》した他国の貴族の方に休んで頂いているんだ」

「き、貴族？」

そう、と頷いてみると、貴族がどういうものなのかをファーラから聞いているのだろう、アルは表情を凍りつかせる。

「お、おいら、なんかすることある？」

おずおずと自分からやることを聞いてくるとは。アルも多少成長したんだなぁ。

「魚は釣れた？」

と、俺が聞くと「あ！　うん！」と表情を明るくして外に籠を取りに行く。戻ってくるとアジ、アユ、アマダイ、カンパチ。

お、おお、おお……相変わらずミケの加護はすごいな。川魚も海魚もなんも関係ない。しかも今回はなかなかの高級魚も入っている。これなら陛下にお出しする食事は大丈夫そうだな。

「すごいわね！　鯛《たい》がいるから鯛飯にしましょう」

「「たいめし？」」

「鯛を炊《た》き込むのよ。だし汁《じる》でさらに煮込んで、陛下には雑炊《ぞうすい》にして食べやすくしましょう」

俺はよく分からないけれど、ラナには陛下にお出しできる病人にも食べやすい料理があるらしい。

「陛下には本当にお世話になってるし、気合入れて頑張るわよ」

「俺も手伝う？」

「それじゃあ、フランには外の騎士さんたちに説明と、領館の方に連絡をお願いしていいかしら？　領館の方がゆっくり休めると思うから、陛下の体調がよくなったら移動してもらおうと思うの。でも、歩きは無理だと思うからボックスの馬車の方がいいわよね」

「そうだね。連絡はしておいた方がいいね」

時間稼ぎしようと思っていたけれど、まさか体調を崩されるとは。俺も陛下にはお世話になっているし、ここで万が一お亡くなりになられたらそれはそれで大変すぎるから全力でなんとかしなくては。

外で警護していた騎士さんは2人。他の2人はすでに2階の子ども部屋かな？

デルハン先生もいるから大丈夫だとは思うけれど、一応メリンナ先生も呼んでおいた方がいいかもしれない。アルに「メリンナ先生を呼んできて」と頼んでセージに「アルとメリンナ先生を連れて帰ってこられたら、人参5本追加する」と交渉して、アルを乗せてメリンナ先生のところに行ってもらう。

騎士さんたちには馬車を回してもらいつつ、俺と一緒に領館に来てもらい、場所を覚えてもらった。領館のお迎え準備は5割ほど整ったが、陛下の体調が悪くなったということで看病道具も必要だろうと追加発注する。

マーセルさんは汗を拭きながら「病院が近くにあればよいのだが」と困ったように言う。

そういえば病院らしい病院は『エンジュの町』まで行かないとない。『エクシの町』にはメリンナ先生が薬屋を営んでいるだけ。

確かにこれから3国を跨《また》ぐ大きな町になるのなら、病院は必要かも。

病院……メリンナ先生にその気があるかどうかが問題だよね。

「では、陛下をお連れするので受け入れの準備を引き続きお願い致します」

「分かりました。それで、陛下のお食事はエラーナさんが用意してくれるということなのかしら？」

「はい。病人の胃腸にいいものを作る予定みたいです」

「そんなものまで作れるとは……。エラーナさんは本当にすごいですね」

それな。

「では、陛下の体調が落ち着き次第こちらに連れてきます」

「よろしくお願いします」

騎士を1人領館に預け、もう1人は道案内のために連れて帰る。自宅に戻るとラナはタイメシをまだ煮込んでおり、あと20分くらいで完成らしい。結構時間がかかるんだね。

「エラーナさん、氷嚢をありがとうございます。だいぶ熱が下がってきました」

そこへデルハン先生が下りてくる。解熱薬《げねつやく》は持ってきていたし、他にも常備薬を飲ませて落ち着いてきたらしい。良かった。本当に良かった。

「食事はあと20分くらいかかりそうなんですけど、すぐに召し上がりたいとおっしゃっていますか？」

「いいえ。今眠ったところなので1時間後くらいで大丈夫です。できればお粥《かゆ》のような消化にいいものがあると助かるのですが……」

「それなら問題ないですね。鯛飯を雑炊にする予定なんです」

「まあ！　鯛飯！　鯛飯の雑炊なんて、よくご存じですね！」

ああ、やっぱりラナの前世の料理なのか。『紫竜ディバルディオス』でも馴染《なじ》みの料理なのかな？　やはり『紫竜ディバルディオス』はラナの前世の文化に近いんだろうか？

久しぶりの故郷の味に、デルハン先生は期待に表情を輝かせている。

「初めて作るので、正直ちょっと心配ですけれど」

「まあ、ではちょっとだけ味見させてもらえます？」

「まだお米固いと思いますよ」

デルハン先生、マジでウキウキだな。

「エラーナさんは『紫竜ディバルディオス』の文化にも造詣《ぞうけい》が深いようで、もう少し色々話してみたいと思っていたんですよね」

「あ、ありがとうございます。私ももう少し『紫竜ディバルディオス』に滞在して、色々と見て回りたかったです」

「まあ！　そんなに我が国に興味を持って頂けているなんて」

「『紫竜ディバルディオス』は竜石がないんですよね」

「ええ。守護竜ディバルディオスは鱗《うろこ》のない竜だと言われているの。全身が雷《いかずち》で、天空で暮らしているとか」

「へえー」

そういえば守護竜アルセジオスも水の竜だったな。水の体に、水の鱗。守護竜ディバルディオスは雷の体なのか。怖。

「竜石道具がない国というのが、ちょっと想像がつかないんですよね。『紫竜ディバルディオス』には、どんなものがあるんですか？」

「そうですねぇ……珍しいものだと車かしら？」

「車!?」

「ええ。人力車ではなく、『紫竜ディバルディオス』の竜力を燃料にして動く大型の乗り物です。ボックス馬車くらいの大きさで、馬や牛に引かせなくても自動で動くんですよ。運転する技能は必要ですけれど」

「っっっ！」

ラナの瞳がそれはもう輝く。もしかして、自動車ってラナの前世にもあったものなのかな？

自動車ねぇ。『紫竜ディバルディオス』に行った時に、実は乗ったことがある。マジで馬を繋ぐところに運転席のある馬車って感じだった。運転するのは人間で、変なレバーで動かしていたっけなぁ。

ラナの前世にも自動車があったのなら、もしかして竜石道具みたいに作れたりするんだろうか？　さすがに人が乗るほど大きなものは作れる自信がないなぁ。

なんて考えていたら、ラナがデルハン先生にグイグイと自動車のことを聞いていた。それはもう、根掘り葉掘り。ちょっとデルハン先生が引いている。

レグルスが乗り移ってしまったかのような勢いを見て、どうどう、とラナの肩を後ろから掴《つか》んでデルハン先生から引き離す。デルハン先生、いい加減2階の陛下の様子を見に行きたそうにしていたからね。

「ごめんなさい。でも故郷に興味を持ってくれたのは嬉しいわ。陛下の様子が安定したらぜひ続きをお話ししましょう」

「ぜ、絶対ですよ～？」

ラナはまだ名残《なごり》惜しそうだったけれど、デルハン先生は新しい氷を受け取って2階に戻る。

プラセ草で作った氷嚢は、水を漏らさないけれど保冷の効果は持ち合わせていないので、氷は比較的すぐに溶けてしまうのだそうだ。氷嚢はまだまだ改良の余地があるみたい。

それから約20分後――ラナが鍋の蓋《ふた》を開ける。

「完成～」

「おお～」

ライスに出汁《だし》、魚醤《ぎょしょう》と蜂蜜酒《はちみつしゅ》少々と、生姜《しょうが》。捌《さば》いたタイがドーンと1匹入っていて、ラナがタイの身をほぐしていく。そしてライスとタイの身を混ぜ合わせる。

ラナは別な小鍋を持ってきて、だし汁をたっぷり入れてタイメシを2分の1ぐらい入れて煮込み始めた。蓋を閉めて、ここからさらに煮込むらしい。

「こっちは自分たちで食べちゃいましょ。フランにもちょっと食べてみて欲しいかも」

「え、食べていいの？」

「味見味見。私もこれはレシピしか知らなくて、初めて作ったから」

と、言ってお皿を持ってくるとタイメシを盛っていく。当たり前だけど……ホカホカだぁ。

それに出汁のいい匂い。蓋を開けただけなのに、こんなところまで匂いが届くのもすごいな。

お皿に盛られたタイメシを、ラナが俺の方に差し出してくれる。どうぞ、と言うラナからお皿と箸《はし》を受け取って「いただきます」と一声かけて頂きました。

え、ウマ……！

「すごい、なにこれ、美味しい……」

「本当？　どれどれ……うん、うん！　初めて作ったにしては成功！」

本当に美味い。なにこれ、魚醤とタイと出汁の風味と旨味《うまみ》がライスに染み込んでいて、すべてが完璧に調和している。

「陛下に出すのはこれをさらに出汁で煮込んで、雑炊にするの。これなら上手くいきそう」

「へぇ……」

緑が足りないわね、と三つ葉を入れて彩りを整えた。あっという間に芯《しん》が溶けて、雑炊ができあがる。雑炊も美味しそうだなぁ。

「今度またタイが釣れたらタイメシの雑炊も作って欲しいなぁ」

「いいわよ〜」

今日のは陛下のだしね。ミケがいれば海の魚も釣れるしね。……ミケの加護がすごすぎてどういう理屈で海の魚が川で釣れるようになるのか分からないけれど。まあ、そこは深く考えないってことで。ね。

「ただいまー！　メリンナ先生呼んできたよ！」

「アル、ありがとう」

「ふぁ〜。なんか急患って聞いたんだけど、お酒はぁ？」

「急患って聞いて第一声がお酒は？　ってヤバくない？　2階の子ども部屋よ」

「りょ〜か〜い。デルハンがいるなら大丈夫だと思うんだけどなぁ」

と唇を尖らせながら2階に向かうメリンナ先生。千鳥足《ちどりあし》でもなければ珍しく酒の匂いもしないから、大丈夫そうかな？

立派に任務を果たしてきたアルには「なにかご褒美いる？　希望ある？」と聞いてみると、アルは「うーん、おやつ！」とめっちゃいい笑顔でリクエスト。おやつって言ってもなにがいいんだろう？

「キャロットケーキならあるわよ」

「キャロットケーキ！　野菜だけどキャロットケーキ甘いから好き！」

「じゃあ他のみんなには内緒な」

「やったー！」

「「しー」」

「あ」

2階には陛下が寝ている。病人がいるんだから騒がないの、と言うとアルは慌てて自分の口を塞《ふさ》ぐ。しかし、カフェはまだ営業中。自宅のダイニングテーブルにアルを座らせて、カットしたキャロットケーキを出してやる。

「あ、そうだ。途中で学校の人から声かけられたんだ。エラーナ姉ちゃん、明日ヒコーセンの話したいって。なんかヨサンが大丈夫だから、なんかどーとか」

「予算の目処《めど》が立ったのかしら」

「ゲルマン陛下のテンションぶち上がりだったもんね」

気球の完成品を見て、飛行船も可能性が高いと踏んだのだろう。先月ラナが『黄竜メシレジンス』でしっかりと営業をしてきたので、そろそろクラーク王子からちょっかい……ではなく話が出ている頃だ。どちらにしても『黒竜ブラクジリオス』の鉄は大量輸入して使うことになるから、資金援助はありがたい。ついでに技術力で『紫竜ディバルディオス』に助力を得られればいいんだけれど。

そして『紫竜ディバルディオス』からの助力を得るのなら、『青竜アルセジオス』の前王陛下に話を通すのが最短距離。その陛下が、今うちの2階にいるんだけれど。

「明日までに体調が整ってくださるといいのだけれど……。それなら学校よりも、領館に来てもらって話をした方がいいかもしれないわね」

「まあ、明日の陛下の体調次第だし今日は考えなくてもいいんじゃない？」

「それもそうね。今日はとりあえずコレを！　陛下にご賞味頂きましょう」

と、ラナがついにタイの雑炊をお椀《わん》に入れる。トレイに載せて、なんかよく分からないレモンがたっぷり入った不思議な水のガラス瓶《びん》を冷蔵庫から出してきて、コップに注ぐ。

「それは、なに？」

「これはレモン水！　蜂蜜を少し混ぜてあるんだけど、水分とビタミンが一緒に摂《と》れるの。夏バテ防止にもなるし、疲労にも効くお得な水よ」

「へー」

なんか水を丁寧にガラス瓶に入れて保存してるから、冷えた水を飲むために冷やしてるのかなって思ってたらそれもラナの前世レシピだったのか。

「フランも飲んでみる？　ちょっと酸《す》っぱいけど、すごくさっぱりするのよ」

「じゃあ……」

水分補給にもなるし、健康的な飲み物というので頂いてみることにした。注がれるレモン水は透明で、見た目は普通の水と遜色《そんしょく》ない。

ラナが「もし酸っぱすぎる、って思ったら蜂蜜を加えるといいわよ」と教えてくれた。へー。

「ごく……」

と、一口。…………。ん？　ほんのりとした酸味。微《かす》かな蜂蜜の風味。

「飲みやすい」

「でしょー！」

と、ドヤ顔の可愛いラナが胸を張る。最高に可愛いんだが、そんなに可愛い顔は家の中だけにして欲しい。胸が苦しくなる可愛さ。しんどい。

それはそれとして、レモン水、本当に飲みやすいな。ごくごくいけてしまう。あ、もうない。

「これ本当に美味しいね。飲みやすくてあっという間になくなっちゃう」

「でしょー！　これ夏限定メニューにしようと思ってたんだけど、どうかしら」

「いいと思う」

他にも炭酸水にレモンを添えて出したり、このレモン水もメニューに加えたいとのことだ。

夏は今からが本番だし、かき氷以外にも夏限定メニューが増えるのは喜ばれるんじゃないかな。

というか……。

「レモン水を凍らせてかき氷にしても美味しそうだね」

「フランが今日も天才！　それでいこう！」

「じゃあ、雑炊もほどよく冷めたと思うし、レモン水と一緒に2階に持っていってくるね」

「あ、ありがとう、フラン。でも、私も一緒に行くわ。陛下にお話ししたいこともあるし」

「あ、アルはどうする？」

「おやつ食べたら釣り具を片づけてくる！」

「分かった」

ちゃんと物を片づけられる子になったな。うんうん、この1年の教育の成果が出ているみたいで、俺も鼻が高いな。

「お皿は食洗器に入れればいい？」

「うん、入れておくだけでいいよ」

「はーい」

食洗器、ラナとの時間確保のために作ったけれど、子どもらにも活用できるからやっぱり設計図を竜石職人学校に売るか。去年あんまりにもやらかしてしまったから、今年は抑えめでいこうってことになっていたけれど……。

ラナと2人で2階に雑炊を届けに行くと、上半身をベッドから起こした前王陛下がデルハン先生と手を重ねていた。わ、っおーーー。

メリンナ先生もベッドの反対側にいるのに、まったく気になさっていないという。

「陛下、こちら鯛飯雑炊と、レモン水です。レモン水は酸味があるので食後にお召し上がりください」

「ほお、これは珍しい。海の魚は久しぶりだな。……ん？　よくこんな内地で鯛が手に入ったものだな？」

「ええ、川でなぜか釣れました！」

「え？」

「え？」

陛下がいかにも「今なんて？」っていう顔をする。ラナも「え？　なにが？」と聞き返す。いや、えーと、これどうごまかしたらいいのか。ラナはミケの加護だと知らないし、今更暴露するのはどうなのかな？

「まあ、ええと……たまたま手に入ったので、ということで」

「そう、なのか」

「毒見をさせて頂いても？」

「ええ。先に私たちでも食べさせて頂きましたけれど、自信作ですよ！」

と、ドヤァ。と胸を張るラナが今日も超可愛い。こんなに可愛い女性が俺の隣にいるのってなんなの？　奇跡なの？　目の前に陛下がいるのも現実味ないしなぁ。

デルハン先生が木のスプーンですくって一口。

「ああ、美味しいです。故郷の味、懐かしい……」

と、デルハン先生が嬉しそうに微笑む。その笑顔に陛下が目を細める。ああ、エリリエ姫を眺めるクラーク王子と同じ表情。……歳の差はあるけど、本気なんだなぁ。

「エラーナさんは『紫竜ディバルディオス』の料理にも詳しいそうで、作ってくださったんですよ」

「なんと。これは『紫竜ディバルディオス』の料理なのか。デルハンも食べたことがあるのか？」

「はい。懐かしい味です。私も材料があれば作ってもいいのですが、内地でも鯛が手に入るものなのですね」

と感心しながらなんの躊躇《ちゅうちょ》もなく前王陛下に「あーん」と食べさせる。え？　俺たちはなにを見せられているんだ？

「なんとも優しい味だな」

「ええ、ですわよね」

「良かったですわ。えっと、それでうちよりも東区に建設中の領館の方でお休みになられた方がいいと思うのですけれど」

「領館、か。ふむ……まあ、この辺りは間違いなく『緑竜セルジジオス』領土だから仕方がないが……うちの領土内のダガン村の復興と発展を急がせた方がよさそうだな」

「そっ……そう、ですね」

その視察も当然込み、で来ているんだろうとは思っていたけれど。

「公的な場所は遠慮したいな。こちらに泊めてもらうことは無理なのか？」

「領館はクーラーがあって涼しいんです」

「クーラー、とは？」

あ、『青竜アルセジオス』はアレファルドたちのやらかしが尾を引いて、レグルス商会との取引が他国より遅れているんだっけ。前王陛下も知らないってのはちょっと意外だったな。

仕方ないのでかくかくしかじか。クーラーがどのようなものなのかを、俺とラナでご説明。

「そのようなものが。なるほど、それは確かに『赤竜三島ヘルディオス』では喜ばれそうだな。あの国の暑さは異常だと聞く」

「はい。ですが、夏場はどこも暑いですから。領館でぜひ体験して頂ければと思います。この国で私たちが作ってきた竜石道具は、実用的な形になって領館に集められていますから！　我が家にあるのは試作品ばかりなので、もし今後購入などをご検討されるのでしたら領館で実物をご覧になってからの方がよろしいかと」

と、ラナが言うと、前王陛下のキョトンとした顔よ。公爵令嬢で幼い頃からアレファルドの婚約者として、城で王妃教育を受けてきた馴染みの娘がこんなこと言い出したらそりゃあこんな顔にもなるよねぇ……。

「ふ、ふふふふははは……！　そうかそうか。君は本当に、こっちの、今の生活の方が合っているのだな」

と、俺が居心地《いごこち》悪くなっていると、陛下が笑い出した。それを今度は俺たちの方が目を丸くして見てしまう。

メリンナ先生が「そりゃあもう。毎日充実しているみたいですわよ～」とつけ加えるもんだから、ラナも段々カーーー、と顔を赤くし始めた。

「いや、構わぬよ。ユーフランがいれば最低限の生活は問題ないと思っていたのだが、よもやこれほどよい変化を齎《もたら》すとは思わなんだ。ユーフラン、そなたも日々充実しているようでなによりだ」

「あ、それは……まあ、はい……」

お見通しなんだよなぁ、なんでも。前王陛下がラナの護衛として俺を選んだのだって、絶対俺のラナへの横恋慕《よこれんぼ》に気がついていたからだろうし。ほんと、このお方はすごいんだよね。

「そなたらの才能にもっと早く気づけていれば、あの愚息《ぐそく》も——というのはもはや詮《せん》なきことよ。今後のことを思えば領館で品定めを行うべきなんだろうが……やはりあまり目立つところには——」

「いけませんよ。医者として涼しいところでの治療を推奨します。暑さというのは絶対に馬鹿にはできません。暑い場所にいる、ということは、それだけで体力が削られるのです。涼しいところに移動できるのでしたら早い方がよいと思います」

「う、うむ……そうなのか」

と、メリンナ先生に言われてデルハン先生を見上げる前王陛下。もちろんデルハン先生もにっこり笑って「そうですよ」とメリンナ先生に完全合意。いろんな事情でうちの子ども部屋にいて頂くより、領館でのんびりして頂きたい俺たちとしてもそっちの方が気を張りすぎなくて助かる。

全員に頷かれ、前王陛下がついに「分かった」と折れた。

……本当、どこの王様もあまり周りを振り回すのはやめて頂きたい。

――っていうことがあった翌日。

ラナは竜石職人学校で飛行船建設についての話し合いに向かった。俺はラナを送り届けてから、自宅に戻ってカフェの方に顔を出す。昨日ダージスの母、レージェさんと話をしたクラナに、様子を聞いておこうと思ったのだ。

カフェの中に入ると、今日の開店準備を粛々淡々《しゅくしゅくたんたん》とこなしている。しかし、俺がカフェに入ってきたことに気がつくと、満面の笑みで「お帰りなさい！」と迎えてくれた。

「……？　どうかしたんですか？」

「あー……学校の方でダージスに会ったけれど、今日会いに来るって」

「ダージスさんが？」

あ、嬉しそう。本当に、こんなに可愛いクラナがなぜダージスなんかと。いや、理由は聞いたことがあるけれど。やっぱり解《げ》せないものは解せない。

「そういえば昨日レージェさんと話してどうだったの？　あの人かなり貴族思想が強い人みたいだけれど」

「あ……。あ、ええと……ダージスさんとわたしの結婚のお話、ですよね」

「そう、だね。まあ、一応」

もうクラナはうちの預かり、というわけではない。養護施設が建って、みんながそっちに引っ越した日から関係性は今や〝ご近所さん〟である。だから、こんなふうに構うのは、立ち入りすぎのような気もする。けれど、やっぱりうちの子って感じだし。急によそよそしくなるっていうのも、ねえ？

「貴族相手だし、俺とラナも相談に乗るよ？」

「っ！　……えっと、あの、では……」

やはりクラナも悩んではいたみたいだ。ダージスに相談すればいいのに、と思う半面恋人に相談できないこともあるんだろうな、とも思う。ましてダージスの親御《おやご》さんのことは。

「——じゃあ、一応クラナもレージェさんの言ってることに違和感は持ってたんだ？」

「それは、はい。さすがに。なんだか話がすれ違うなぁ、みたいに感じてはいたんですけれど……昨日その違和感の正体がだいぶ形として受け取れた、といいますか」

そっかぁ、と出されたレモン水を飲みながらクラナがようやく感じた違和感の正体とそれについての考えを聞いてみる。結論として、クラナの考えていた理想の一般家庭とレージェさんの考える一般家庭が完全に別物であった、ということ。ああ、ちゃんとお気づきになったようでなにより。で、そこまでの話を理解した上で——。

「貴族の女主人なんて、わたしには無理です！」

ですよね。

「貴族の常識とか屋敷の回し方とかそんなの分かりません！」

「だよね。今から覚えるのも大変だし」

「……でも、ダージスさんは貴族に戻るかもしれないんですよね」

拭いていたグラスを棚に戻しながら、盛大に肩を落とすクラナ。ああ、その話も耳には入っていたんだな。

「そうだね。東区はこのまま発展していくと思う。『黒竜ブラクジリオス』側の方も開発が始まったし、『青竜アルセジオス』の方も本腰入れてくるだろう。ダージスの一家は元貴族として相談役やまとめ役、交渉人なんかもやっている。結構重宝されているから、ドゥルトーニルのおじ様がダージスとダージスの父であるマーセルさんに男爵位を与えて、責任のある立場にするつもりって言ってたね」

「や、やっぱりそうなんですね。じゃあ、生活とかも……」

「うん。東区の方で家を建てて、って話をしてた。だからまあ、レージェさんの希望通りになると思う。本当にダージスと結婚するのなら、クラナは選ばないとダメになるね」

もちろん『青竜アルセジオス』にいた頃のような生活はできないと思うけれど。だってダージスは『青竜アルセジオス』にいた頃、伯爵だったから。男爵家なんて平民に毛が生えた程度。ただそれでもやはりクラナが思っているほどの、平民ライフは不可能に近い。男爵家は基本一代限りだが、ダージスとマーセルさん親子二代で男爵ならそれはもう一族で才能があるもの、って認められてるようなモノだもん。

まあ、そこまでの爵位となるとゲルマン陛下の采配《さいはい》と男爵位の時の働き次第になるけれど。

どちらにしても爵位のある人間は、それに見合う生活水準が必要。レージェさんの言うような庭付き一戸建て、使用人ナシが一般的かな。なので、クラナの理想とレージェさんの理想半々、かな。

「わ、わたし、貴族夫人なんて……」

「じゃあ、ダージスと別れる？」

「そ──それは……！」

俺個人としては別れちゃってもいいと思うんだけれど、そう言うとクラナは「うーーー」と目を瞑《つむ》って眉を寄せている。なんていうか、クラナって本当にダージスのこと好きなんだ。どこがいいのか本当に理解できない。いや、理由は聞いてるんだよ？　でもやっぱり脳が理解を拒《こば》む。

「い、今から勉強して貴族夫人としてやっていけるでしょうか？」

「え？　うーん、まあ、できるんじゃない？　クラナ、読み書きできるし」

「え!?」

俺がそう言うと、クラナが本当に驚いて聞き返してきた。もちろん伯爵家以上の家格《かかく》だとクラナは血反吐《ちへど》を吐くレベルで頑張らなければいけないけれど、男爵家なら読み書きと簡単な手紙の書き方やパーティーやお茶会での作法くらい知ってれば問題ない。家格を上げたいのなら教養は必要だと思うけれど、一代限り、個人の男爵の嫁なら今のクラナがもう少し頑張れば問題はないと思う。

レージェさんから伯爵家の仕来《しきた》りや作法を教えてもらえればいい。

「ファーラの受けている教養みたいなのを学べばいいと思うよ。ファーラにお茶会の作法だけ教えてもらったら？」

「ファ、ファーラに、ですか？」

「うん。本来は家庭教師を雇《やと》うところだったけれど、クラナは周りに頼れる人がいるんだし、頼って教われればいいんじゃない？」

ラナ、レージェさん、ファーラ……エリオーナさんもイケるかな。メリンナ先生やアイリンも貴族出身というし、ラナに頼めば学ぶ時間は調整できるだろう。そう言うとクラナは腕を組んで考え始めた。努力すれば男爵夫人としてやっていけなくもない。

「まあ、レージェさんが考えているような使用人もいる大きなお屋敷は高望みだけどね。その辺はレージェさんにしっかり現実を見て欲しい。クラナはもっと勉強することになるけど――」

「わたしは勉強好きなので、学べることがあるのは嬉しいです。でも、本当に他の貴族様と関わることって、あんまりないんでしょうか？　それだけが自信がなくて」

「大丈夫じゃない？　この辺で関わる貴族ってせいぜい『緑竜セルジジオス』の貴族ばっかりじゃん？　おじ様とかカールレート兄さんとか、クーロウさんとか」

「あ」

名前を挙げた3人に、クラナの表情が一気に緩《ゆる》む。他にクラナが関わる貴族として名前を挙げるとしたら、コメットさんとユージーンさんだろうか。コメットさんはうるさそうだがユージーンさんは『緑竜セルジジオス』の貴族らしいノリだから、大丈夫だと思うんだよね。

「なんだか大丈夫そうな気がしてきました」

「それは良かった」

クラナの自信に繋がってしまった。

「でもファーラに教わるのはちょっと恥ずかしいような……」

「まあ、誰に教わるかはクラナが教わりやすいと思う相手に頼めばいいんじゃない？」

「は、はい！」

——と、いう感じでクラナとダージスの結婚を後押しするようなことになってしまった。

畑や家畜の様子を見ていると、カルビやルーシィが暑そうにしている。そっか、人間が暑いんだから、動物も暑いに決まってるんだよね。

くる、と作業小屋に向かい、残りの素材を集めて中型竜石を取り出した。放牧場に届くくらいの強い冷風が出るようにして、畜舎内を清潔に保てるようにしつつ、虫除けの効果も入れて……よし。木材を繋ぎ合わせて器《うつわ》となる道具を作り上げ、半日かけて畜舎に設置した。あとは奉血して——完成！

「ブルルルル」

「ああ、これ？　エアコンっていうんだよ。暑い時は涼しい風が出て、寒い時は温かい風が出るの。暑いでしょ」

「ブルゥー」

ルーシィが「なにをしているんだ？」と声をかけてきたので、説明しておく。だってルーシィ、妊婦じゃん？　俺でも分かるほどにお腹がぽっこりとしてきた。あまり暑すぎたら体に障《さわ》るんじゃない？　心配だよ。

畜舎エアコンを設置完了すると、ルーシィが顔を近づけてきたので頬を撫でてやる。髪をもぐもぐされた。ご機嫌だな。

「ヒウン」

「ああ、そうだね。ラナのこと迎えに行ってくるよ。セージ」

「ヒィン」

セージに鞍《くら》を取りつけ、牧場から竜石職人学校まで向かう。畜舎へのエアコン取りつけに、結構手間取ってしまった。太陽はかなり傾いている。

懐中時計で確認すると、午後3時。一番暑い時間帯じゃん。早く学校に行って涼みたいね。

「かき氷食べたいねー」

「ぶるぅ」

ほんの10分くらいの移動でもう汗だく。今年の夏はあっついねぇ。汗を拭いながら、セージを馬繋場《ばけいじょう》に預けて水を与え、汗を拭いてから藁を置いていく。

ルーシィよりもナイーヴというか、こだわりがあるからこういう時のお世話がちょっと大変。

まあ、そういうところも可愛いけどね。

「ラナを連れてくるよ」

「ヒゥン」

セージに一言告げて学校の中に入る。うわー、すっずしーい。エアコンって偉大だなぁ！

「ユーフランさん、こんにちは。今日は授業ないですよね？」

「奥さんを迎えに来たんだけど、予算会議って会議室でやってる？」

「ああ、はい。第二会議室の方に皆さん集まってましたね」

「ありがとう」

通りすがりの生徒さんに場所を聞いて、2階の会議室に向かう。1階、2階、3階にそれぞれ会議室があり、第二会議室は2階の会議室のこと。

階段を上がり、会議室に近づくと人の話し声が聞こえた。

声はラナと……コメットさん？

「君は本当に才能溢れる才女だな」

「え？　あ、ありがとうございます……？」

……………ん？　え？　な、なに？　なんか……。

「『青竜アルセジオス』の公爵令嬢だったと聞くが、その地位を捨ててなぜ今のような生活をしているのだ？」

「それはまあ……こっちの方が自分の性に合っているっていうか」

あれ？　なんか会議室の中、ラナとコメットさん、2人、だけ？　まさか？　ラナが貴族をやめてまでこの国に来た理由なんて聞いてどうするの？

どうしよう、なんの話してるの？　俺、なんで部屋の前で盗み聞きみたいなことしてるんだ？

いや、ラナが今の生活を気に入っているのは知ってるし、でも、ラナの家族仲がいいのは知ってるし……地位はともかく、やっぱり家族と離れた今の生活にもしかしたら思うところとかあったりするのかもしれないし、俺には話せないけど他の人になら不満的なものを話せたりするかもしれない。

直せるようなら直したい！

「——僕の婚約者は僕を捨て、ティム・ルコーについていったのだが……」

「え」

え⁉　そ、そうなの⁉　こ、ここにもティム・ルコーの被害者が……⁉

「結婚するのなら、君のような才女がいいと思っている」

「え、えーと……そ、それは——」

え？　なに？　コメットさんにラナが口説《くど》かれてる？　まさか？

「あの！」

「フラン！」

グワーっとなにかがこみ上げてきて、慌てて会議室の扉を開く。でも、会議室にはラナとコメットさん——だけではなく、テーブルに腕を組んで寄りかかるユージーンさん。

あ、あれ？　２人きりじゃなかった？

「もう君の迎えが来る時間か。引き留めて悪かった。今の話を考えておいて欲しい」

「な、なにが!?」

なにが!?

「ん？　だから――」

「あーーー、エラーナ女史、実は俺とコメットはティム・ルコーに婚約者を奪われたんだ。それで、君のような才女には、才女の友人がいるんじゃないかなって。もし家格と歳が合うご友人の女性がいるなら、紹介してもらえないかなって」

「あ、そっ……！　そういう……」

コメットさんの代わりにユージーンさんが説明してくれて、ようやく合点《がてん》がいった。そういう意味だったのか。分かりづらい！

その話の流れに持っていくための前置きだったのか、アレ。な、なんだ……びっくりした。

「友人……」

けれど、ラナが茫然《ぼうぜん》と呟く。その呟きにラナの交友関係を思い返すと、ラナの友人ってだいたい恋人持ちとかばっかりだもんな。結婚相手を探す意味で「家格が釣り合い、年齢が近い独身女性がいたら紹介して欲しい」っていう頼みなら、恋人持ちなんて紹介できないもんね。

「えっっっとぉぉ……そうですね……さ、探してみますけど……期待はしないで欲しい、です」

「そうか。まあ、24の男は確かに19歳の女性には年上すぎるかもしれないからな。まあ、ダメ元で頼む」

「わ、分かりました」

あ、ああ……なんとか乗り切ったな。

――でも、そうだな……友達っていうわけじゃあないけれど――。

「『黒竜ブラクジリオス』の女騎士で独身の女性なら紹介できますよ」

「え？　フ、フラン？」

「うちのカフェを気に入ってくれているのですが、元第四王女のロリアナ・ファーデングム騎士なのですが」

「は⁉　も、元第四王女⁉」

「うちのカフェの常連さんなんですよ」

「そうそう。今度来る時、ご紹介しますか？」

「ぜ、ぜひ……！」

やったね、ロリアナ様！　旦那候補が２人も現れましたよ！

ラナの荷物を持って会議室を出る。玄関ホールに向かいながら、胸がどんどんモヤモヤしてきた。なんだ、この変な気分。

「フランって、たまに可愛いわよね」

「え？　急になに？」

「ふふふ……！」

「……？」

玄関ホールに着くと、ラナがご機嫌。そんなご機嫌になるようなことあった？

「さっきは助けてくれてありがとうね。ロリアナ様は盲点《もうてん》だったわ」

「あ、ああ。俺が知っているラナの交友関係で独身女性ってロリアナ様とかエリリエ姫の護衛のミナキさんとかなんだけど」

「スゥリカは？」

「貴族に紹介できないでしょ、あれは」

「あ、あー……まあ、そうね」

貴族どころか誰に対しても気安いあのアホは、とても貴族の嫁には向かないだろう。コメットさんも「家格が釣り合い、年齢が近い独身女性がいたら」って言ってたもんね。

俺の知っているラナの交友関係で、コメットさんたちの言う条件に見合うのはロリアナ様とミナキさんくらいだと思う。そしてミナキさんは『黄竜メシレジンス』に住んでいる。ちょっと距離ありすぎだよね。消去法でロリアナ様が残るっていうわけです。

「フランの知り合いにいないの？　20代の伯爵家家格の独身女性」

「えー？　……シェーリア様とか？」

「だ、誰？」

ああ、ラナは会ったことないよね。

「ロリアナ様のお姉さんで『黒竜ブラクジリオス』の第一王女。25歳、未婚」

「王族じゃない!?　いや、ロリアナ様も王族の血筋だっていうのは聞いたことあるけれど！　フランの人脈どうなってるのよ!?」

「ジルドロッセ様には学生時代にお世話になっておりまして……。でも『黒竜ブラクジリオス』の王女様で会ったことがあるのはシェーリア様だけだよ。ササリア様とチャルナリリー様にはお目にかかったことないし、ロリアナ様にもトワ様の件で初めて会ったしね」

むぎぎ、という表情をされてしまった。俺だってジルドロッセ様――『黒竜ブラクジリオス』の現国王陛下になんであんなに気に入られているのかよく分からないよ。〝お使い〟の頃に外交官だった閣下に会う機会は多かったけれど、それだけの関係だったもん。

「他だと『青竜アルセジオス』国内の問題あり令嬢とか、『紫竜ディバルディオス』のオルドレイド様が振った良家のご息女《そくじょ》とか」

「フランの交友関係どうなってるの……」

「話したことある人しか顔と名前は一致してないし、クラスメイトの顔と名前が怪しいラナの方の交友関係の方が俺は気になる」

「ぐふっ!!」

ダージスの記憶がなかったのは俺もちょっと驚いたからね。

「むうう……それについては記憶が戻る前から——多分興味がなかったのよね、一切」

まさかの素《す》。

「まあ、コメットさんだけじゃなくてユージーンさんもお嫁さんを探しているみたいだし、なにかの機会で条件に会う女性と知り合ったら紹介しよう」

「そうね」

「……びっくりしたよ。会議室の前に来たら、なんか……まるで……」

ラナとコメットさんが2人きりで話しているのかと思ったんだもん。もごもごとしてしまうと、ラナがまたクスッと笑う。いやいや、笑うところじゃないと思うんですけど。

「フランもやきもちやくのね?」

「やきもちなんて……」

やきもち。まあ、妬《や》きますけれども。こう見えて長い間片思いしておりましたので、やきもちは得意分野ですけれども。得意分野だから、押し殺すのも我慢するのもやり過ごすのも、慣れております。し？

もちろんあんまり男どもがラナに近すぎたら引き離すぐらいのことはしてきたけれどね？

それでもバレたことなんかなかったじゃん？

だから、ラナにこうしてバレたのが初めてでちょっと驚いてしまった。そんなに分かりやすかったんだろうか？

「……今日のは、ちょっとびっくりして、焦っちゃったけど……」

「あら、私でも口説かれてる？　って思ったのよ？　フランはそう思わなかったの？」

「いや、だから……だからびっくりして焦っちゃったのであって……」

「やきもちはやいてくれなかったのね？」

「な、なに？　今日、どうしたの？」

なんとなく、ラナの尋問《じんもん》がきつくない？

ラナの方を見ると、頬を膨らませている。な、なんで？

「信用されてるって思えば悪い気はしないけど、ちょっとくらいやきもちやいて欲しいな、って思っただけよ」

は？　か――。

「…………ヤキマシタ」

「む、無理しなくてもいいけど」

「いや……。……その……」

可愛すぎて一瞬意識飛んだ。なんだこれ、暑さのせいで熱中症にでもなった？　いつも以上にラナが可愛く見える。

そろそろこの可愛さにも慣れたと思っていたのに、やはり上限がない？　俺はラナに命握られすぎではない？　死ぬよ？　本当に、俺は軽率に、ラナの可愛さで死ぬからね？

無理、可愛い。白旗《しろはた》です。

「〜〜〜〜。……だって、ラナはアレファルドの婚約者だったんだから……本当は嫉妬なんてしちゃいけない相手だったんだから……やきもちとか、我慢したりやり過ごすのが普通だったし……」

と、言うとラナがポカーーーンと大口を開けて俺を見上げる。ど、どういう気持ちの表情なの、それ……？

「我慢してたの？　つき合い始めたあとも？」

「え？　いや、まあ、ちょっと看過《かんか》できなさそうな時以外は……？」

「ま、真面目すぎない？　フランってほんっとうに顔と中身が合ってないわよね」

KAWAII

「ど、どういう意味？」

え？　なんか引かれてる？　なんで？　なんか引かれるようなこと言った？

「じゃあ、私が知らないうちにやきもちとかやいてたんだ？」

「ま、まあ……」

「そうなんだ……教えてくれても良かったのに」

「え、ええ？　お、教えるようなものでもなくない？」

「嫌よ、ちゃんと知りたい。知らない間にフランのストレスとか溜めて欲しくないじゃない」

「そ、そういうもの？　……じゃあ、今度から、言うように、する」

さすがに全部は言わない方がいいと思うけれど、なにも言わないよりは言った方がいいのか。

そうか。

「私もやきもちやいた時は、ちゃんと言う」

「え⁉　ラナって俺関係でやきもちやくことあるの⁉」

「あるわよ！　し、知らなかったの⁉」

まったく知らなかった。俺があんまりにも驚いて聞き返してしまったから、ラナもあがが、と口を開けたまま固まってしまう。

「……わ、私もフランに言った方がいいのね……」

「え、あ、あの……」

「いえ、その……やきもちやいたら……ちょっと看過できないレベルはお互いにちゃんと言葉にして伝えましょう！」

「りょ、了解です！」

3章　夏祭り準備中

「夏祭りのメニューを決めます！」

「「「「おおおーーーーー!!」」」」

「「「はーーーい！」」」

　場所は牧場カフェ『えにし』内。メンバーは養護施設内の子どもたちとクラナ、俺、ラナ、ワズとトワ様。そしてファーラに会いに来たクールガン。

　いやぁ、これもご縁というやつなんだろうね。２日前、コメットさんとユージーンさんにロリアナ様を紹介します、と言っていたがその日のうちに『黒竜ブラクジリオス』の連絡係、リーンがトワ様の来訪を知らせてきた。

　というわけで昨日のうちにワズとコメットさんとユージーンさんに連絡したのだ。

　到着してすぐ、ロリアナ様に「実は結婚相手を探している伯爵令息が2人いるんですが、ロリアナ様、会ってみませんか？」と聞いてみたらものすごい勢いで食いついてきた。しかし、トワ様の護衛としてついてきているのはロリアナ様だけ。さすがにトワ様を俺たちに預けて、護衛が１人もいないのは……とあわあわ。それはその通りだと思います。

「それにいつもの騎士の格好だし、化粧も適当だし」

と、言うのでラナが「じゃあお化粧してみましょう。騎士のお姿のままでいいと思いますわ。ロリアナ様のお仕事を分かって頂く意味でも、そのままで行くべきです。それでも気になるのでしたら、私の服を貸しますわ」と助言して2階に連れていく。2階の部屋で、俺がロリアナ様に「あと、俺は『緑竜の爪』があるので護衛としてはお任せください。本日はクールガンもおりますし」と言うと、クールガンの強さを目にしているのでロリアナ様は「よろしくお願いします！」と、素直に叫んだ。

素直になることは、いいことだ。

というわけで今日はロリアナ様がお見合いから帰ってくるまでは、カフェで7月31日に開催予定の『夏祭り』のメニューを決めるそうだ。もちろん、試食がメインである。

「それではみんなはまず、かき氷を作ってください。シロップは練乳、オレンジ、リンゴ、苺、レモン、桃。エリリエ姫にもらった抹茶《まっちゃ》、コーヒー」

かき氷器をテーブルに3台置き、氷を入れる。小型竜石を取りつけて、ボタンを押すだけでゴリゴリ削れていく。その様子をトワ様とワズが瞳をキラキラさせながら見守る。可愛いねぇ。

「ねーねー、エラーナお姉ちゃん、屋台ってこの間と同じメニューじゃダメなの？」

「うーん、クオンの言う通り同じでもいいんだけれど、まったく同じだと気球お披露目に来た人たちに飽きられちゃうかもしれないし、泣く泣くメニューから弾いたものもあるから今回はそれを入れてみようかと思っているの」

「あ！　レモンとプリンのかき氷だ！　これ、美味しそうだった！　プリン持っていくの大変だったもんね」

「そうなのよね～」

かき氷はパフェみたいにジャムとかプリンとかも載せられる。冷たくなって美味しいんだって。俺はあんまり甘いもの好きじゃないけれど、コーヒーで作ったかき氷があるので満足です。

ラナがトワ様とワズのかき氷にカットした果物を装飾品のように載せていき……。

「じゃーん！　しろくまよ！」

「わあ～！　……しろくまってなーにー？」

「あ。……えーーーと……」

あ、ああ、ラナの前世の生き物かな？　トワ様の純粋な疑問にラナが硬直する。も～、仕方ない。

「ベアのことです。かき氷は白いでしょう？　だから白ベアですね」

「そっかぁ！　かわいいねえ！」

「そうですね～」

可愛いのはトワ様だよ。可愛いね。

「ねえねえ！　他の動物にしてもいい!?」

「お、面白いねぇ。いいんじゃない？　ワズは家畜屋だから、かき氷を動物にするのは得意そうだね」

「うん！」

「あ、うん！　任せて！　トワ、見ててね」

そう言って、トワ様に「牛は耳が目の横にあるんだよ。頭の上に角《つの》があるから。お目目はクリクリなの」と先に牛の顔を作り上げた。え、ちょ、待っ……レベル高……！　す、すご！

「牛さん！」

「すごーい！」

「マジでスゲー！」

「牛だ！」

「すごーい、本当に牛さんだー」

「食べるのもったいないなーい」

わいわい、と子どもらがワズの飾ったかき氷を囲んで大はしゃぎ。ラナも「写真撮りたいほどすごいデコかき氷！」と瞳をキラキラさせせる。……でこってなに……？

「ワズ、ワズ、ひつじさんは!?」

「羊？　いいよ」

リンゴを薄切りしたものを耳にたとえ、ビーンズを目、チョコレートアイスで鼻や目を作る。

すっご……。俺もあまりの職人技に心底感心してしまった。ふと、ワズのその腕前に大好きなファーラが輝く眼差しを向けているのに、分かりやすく嫉妬しているクールガンが目に入ってスン……となる。分かりやすすぎるって……。

あ、ああ、そういえばクールガンって竜石核は難しくても作れたけれど、美術的な方面は壊滅的だったっけ。ルースは手先が器用だから、他の教科は平均的なのに美術の成績は飛び抜けて良かったたっけなぁ。

「かわいい〜」

「羊さん可愛い！　ワズくんすごい！」

「ふわふわ！　ふわふわ！」

珍しくアメリーも大喜びだな。そのまま「次は山羊！　そのあとは馬！　鶏《にわとり》！　ひよこ！

ジャウとシュシュ！　ミケ！」とうちの動物たちや養護施設の番犬。森に棲《す》むミケたちまで。

ワズの職人芸に沸《わ》き立つカフェ内。

「ねえ、これ、売れるよね」

ぽつり、とニータンが呟く。その呟きにトワ様とクールガン以外全員の目つきが変わる。あーあ、これはスイッチが入ったな。レグルスがいなくても商人の血が感染している。

「売れるわね！　夏祭りは気球お披露目の時と違って、町の子どもたちがいっぱいいるもの！……でも、私たちにもこのかき氷の飾りつけできるかしら？」

「教えてあげるよ～」

「練習するならかき氷はもったいないわよね。パンケーキ焼きましょうか！　それで練習しましょ！」

「わあ～！　パンケーキ！」

確かにかき氷は溶けてしまう。クラナがすぐにフライパンを持ち上げる。クラナとファーラが小麦粉と砂糖、卵、ベーキングパウダーを出して混ぜる。フライパンに油を敷いて、タネを入れて焼き上げる。これで動物の顔を練習することにした。

ラナがメモ帳を手に「練乳を牛さんにして、オレンジを羊さん、リンゴを犬さん、抹茶を山羊さんにしたらいいかしら」と考え込む。なるほど、4種類ほどのかき氷メニューを販売予定だと言っていたけれど、それプラス牛、羊、山羊、犬の顔を装飾するのではなく○○味は牛、とかに限定した方が提供側の負担が少ないんだ。さすがラナ、そんなことまで気を回すなんて。

きゃっきゃと子どもらはパンケーキに他の動物……猫や兎《うさぎ》、リス、ボア、ウリボア、とどんどんレパートリーを増やしていく。ワズの動物の知識はやっぱりすごいなぁ、なんて思っていると、トワ様がついに〝アレ〟をワズにリクエストした。

「ワズー、竜さまは？」

「竜さま……？」

ぶっ込んできたなぁ……！

「竜さま、おいら見たことないよ～。どんな顔してるの？」

「えっとねえ、お鼻がおおきくて、お目目がくりくりで～、おかおもからだも、ぜーんぶ黒くてごつごつなんだよ～」

「ええ～……分かんないよ」

「竜様って姿が国によって全然違うよね」

と、シレっと言ってしまうファーラ。それに「うんうん！」と頷くトワ様。普通の人は守護竜を見たことがないのだから、ファーラやトワ様のように守護竜を数体見たことがあるのは『聖なる輝き』を持つ者くらいだろう。王族だって自国の守護竜には『聖落鱗祭』でしか会えない。他国の守護竜なんて、王族でも一生会わないのが普通。

しかし、俺とラナもなんの因果《いんが》か緑竜セルジジオス、青竜アルセジオス、黄竜メシレジンス、遠目からだが黒竜ブラクジリオス、声だけだが紫竜ディバルディオスにも遭遇《そうぐう》している。緑竜セルジジオスに至っては、俺に『緑竜の爪』を押しつけていくし。

その守護竜たちをかき氷に模すのは、難しいだろう。

「ファーラちゃんはワズの言う竜様に会ったことがあるんだ？」

「うん！　セルジジオス様と、メシレジンス様！」

と、ワズの問いに元気よく答えるファーラ。まあ、確かにファーラは青竜アルセジオスや黒竜ブラクジリオス、紫竜ディバルディオスの姿を見たこともなければ直接話したこともないしね。って言っても、俺も直接話したことがあるのはセルジジオス様だけだ。メシレジンス様は、ラナたちと話していたのを見てただけ。

ワズを始め、他の子どもたちも「すごいなぁ」と目を丸くする。けれどワズからすると「おいらは見たことないから、作れないよ」と唇を尖らせていた。それはそうだよね。

ワズにも作れない、ということでトワ様がしょんぼりとしてしまう。

「ファーラが作ってあげたら？」

「うえぇ!?　えー、で、でも……」

と、俺が提案してみたら、ファーラはあわあわ。さっきから見ていたけれど、ファーラは後ろの方で見ているだけだった。パンケーキは人数分焼き上がっているし、メシレジンス様には先月会ったばかりだし、黄竜メシレジンス様は……なんというか、あの顔はパンケーキやかき氷で顔を摸しやすいと思う。

「ファーラ嬢が作るのですか？　そのパンケーキはぜひ自分に！　その代わりファーラ嬢のために自分がファーラ嬢のパンケーキを作ります！」

「え、う、あ、う」

ああ、クールガンが食いついてしまった。ごめん、ファーラ。

「交換っていいわね！　っというか、いっそ見本を置いておいて子どもさんには自分で顔を作ってもらうといいかも」

「わあ、面白そうですね、それ」

「自分で飾りつけさせるの、クーロウさんたちも嬉しそうに盛ってたもんね！」

「でもかき氷の見本ってどうやって作るの？」

ラナの提案にクラナとクオンが手を叩いて賛同するが、アメリーがテーブルにしがみついて見上げてくる。かき氷は時間が経つと溶けてしまうもんな。

パンケーキを見本に置いておいても、想像がしづらい。イラストで置いておくにしても、白黒で分かりづらいんじゃないだろうか。

「そ……そうね。どうしよう？　紙を丸めてかき氷に見立てて果物を置いておく？　色ペンみたいなものがあればいいんだけれど――」

「色ペン？　絵の具みたいな？」

「あ、そうそう。絵の具がペンみたいになってる、みたいな？」

ふーん、と顎《あご》に指を当てて天井を見上げてみる。絵の具が万年筆から出てくる、みたいな感じかな？　っていうことは……色インクを作る感じ？　そのくらいなら簡単に作れそう。

「材料さえあれば今日中にできると思うけれど……あったかなぁ」

「今日じゃなくてもいいわよ!?　きょ、今日はほら、トワ様とワズも来ているし」

「あ、そ、そうだね」

でも、そういうのがあれば子どもたちにお絵かきさせてあげられるわ、と小声でラナがものすごくウキウキしている。

……お絵かき。

画家というのは金のある貴族や大商人の跡取りではない末っ子がなるものだ。画材というのは非常に金がかかるし、仕事をしながら絵画を描くのは不可能だから。

平民が絵を描くなんて……考えたこともなかったな……。

「上手くいけば漫画がまた読めるようになるし……」

「――!!」

……察した。ラナ、『黄竜メシレジンス』でやたら紙や印刷の話をしていたけれど、この世界にも〝まんが〟を布教したかったのか。

　すごいな、着実にラナの理想に近づいている。〝まんが〟といえばラナの世界のあらゆる知識が詰まった万能の知識の書。ラナの持っている知識の中には〝まんが〟から得たものが含まれていたし、この世界にも〝まんが〟が広がるのはいいことだろう。

　そんなラナの願いのために、色ペンが必要なら即行《そっこう》で作ろう。

「ど、どんなことになっても文句言わないでね」

「はい、もちろん！」

　なんてことをラナと話していたら、その間にファーラが折れた。キリっと緊張感漂う表情になり、必死に記憶を探りながらパンケーキに果物を並べて、鱗を表現。ブドウの粒でつぶらな瞳と鼻を表し、オレンジの房で口と鋭い爪を表現した。

「モグラじゃん」

　と、シータルがズバリと言い放った。うん、まあ…………うん。

「ち、違うよ！　メシレジンス様は竜だもん！」

「まあ……モグラって土竜《どりゅう》とも言われているし……」

「そうなんだ」

　シータルに言い返すファーラにラナも後方支援。ニータンが興味深そうに「どりゅーって土の竜ってことだよね？　メシレジンス様って本当にその名前通りのモグラみたいなんだ？」と興味津々。ニータンって本当に勉強熱心だね。

「でもものすごくお喋《しゃべ》りするし、竜様の中で唯一女の子なんだって！」

「え⁉　そうなの⁉　竜さまはみんなおとこのこだとおもってたー！」

「う、うん！　メシレジンス様は女の子だから、『黄竜メシレジンス』には宝玉竜《ほうぎょくりゅう》っていう守護竜様の子どもがいるんだよ！」

「えー！　すごーい！」

メシレジンス様に教わった話を披露するところは、養護施設の中くらい。竜石職人学校では仕事に集中しているし、普通の人は守護竜にあんまり興味がないから話し始めても「そうなんだね」という優しく薄い反応。だからトワ様のように目を輝かせて食いつき気味で聞いてもらえるのは嬉しいんだろう。

「いいなぁ、ぼくもほかの国の竜さまにあってみたいなぁ」

「ファ、ファァーラ嬢、そのパンケーキは頂いていいんですよね？」

「あ、あとでね⁉」

クールガン、ステイ。

「じゃあ、ぼくがぼくの竜さまを描く〜！」

と、トワ様がパンケーキにチョコレートソースをぶっかけ始めた。わ、わあ……。こっちまで漂ってくるチョコレートソースの匂いに、ング……となる。ワズが「自分で食べるんだから」とバターナイフで引き延ばし、かけすぎた分を自分のパンケーキに分け取ってくれた。うーん、いいお兄ちゃんっぷり。

トワ様の話を根気強く聞きながら、ベリーを目に見立てて「どこに置く？」と聞いてやり、指に持たせて手で誘導する。カットリンゴを牙《きば》に見立てて並べて、ゴツゴツした鱗をクラナがバターナイフで波立てて、表現してくれた。クラナが「こんな感じですか？」と確認すると、トワ様は「うん！」と頷く。

「アメリーもその竜さまがいい」

完成したトワ様のパンケーキを指差すアメリー。こいつはたっぷりチョコレートソースのパンケーキが食べたいだけだろうな。

「おれもブラクジリオス様がいい！」

「おいらも！」

「あ、あたしも～」

「あなたたち、チョコレートソースでパンケーキを食べたいだけでしょう」

やんちゃ坊主たちとクオンも手を挙げるので、クラナが半分呆《あき》れながらやんわり叱《しか》りつける。

チョコレートソースはそれなりにお高い。カフェで使うものだし、こうしてトワ様とロリアナ様が来るので『黒竜ブラクジリオス』の商人エルドから「王族の口に入るなら！」とかなりお安く手に入っている。だとしても無駄《むだ》使いはよくない。なぜなら俺は甘いものが苦手なので、余っても食べてあげられない……！

なのでクラナ監視のもと、もう少しチョコレートソースの量を減らしてワズとトワ様が作った『ブラクジリオス様パンケーキ』を見本に盛っていく。

「クラナやエラーナお姉ちゃんは？」

「わたしの分は今から焼くから、気にしないで」

「私もあとで食べるわ。パンケーキに守護竜様を描くのも面白そうだけれど、これはどっちかというとカフェの限定メニューの方がいいかもしれないわね」

と、ラナはすぐにお仕事モード。カフェで『守護竜様パンケーキ』、かあ……。平民は姿を見たこともない、名前しか知らない守護竜の顔をパンケーキに盛って人気が出るのだろうか。

まあ、ブラクジリオス様はすでに子どもたちに大人気だから、いいのかな。

「かき氷は味によって牛と羊と山羊と犬の顔を盛るっていうのは採用。それ以外にもなにか欲しいわね……うーーーん」

また悩み始めてしまった。子どもたちはもうパンケーキに好きなものを盛って食べる状況に移行している。一応名目上は夏祭り屋台メニューを決める、だけれど。今年の夏は暑いし、冷たい飲み物とかいいんじゃないかな、と言ってみるとラナが突然目を見開く。

「スムージーだわ！」

手を叩いて叫ぶラナに、全員がびっくりした。す、すむーじー？　な、なに？

「エラーナ姉さん、すむーじーってなんですか？」

「ハッ……あ、ま、前に氷と野菜をミキサーで混ぜたらできたの。冷たくて独特の食感の飲み物よ。今作ってあげるわ。リクエストがあったら、気軽に言ってちょうだい」

と言って、店のミキサーを持ち出してくる。ラナはまず「私が飲みたいものを作るわ」と言って氷と苺、ベリー、冷蔵庫から新たに牛乳と葉物《はもの》野菜をさらっと洗ってカットして入れた。

っていうか、氷も入れるの？

驚いて見ていると、本当になんの迷いもなくミキサーを回し始めた。ゴリゴリゴリ、という結構すごい音が聞こえてくるのだが、すぐに音はいつものミキサーの音になったけれど、結構びっくりしたな。

「じゃーん。これがスムージーよ」

「「「なにこれーーー!?」」」

再び子どもたちの歓声が上がる。いつもの液状とは違い、なんかたぷんたぷんしている不思議な液体。

コップにミキサーの中身を移し、ドーンと見せつけるように掲げるドヤ顔のラナ。可愛い。

「面白そう！　あたしも飲んでみたい～！」

「次あたしが作ってみてもいい⁉」

「いいわよ。クラナ、予備のミキサーも出してくれる？」

「はい、すぐに」

新たな「自分もやりたーい」コール。1人ずつ飲んでみたい味を追求しつつ、果物だけでなく野菜や牛乳や蜂蜜まで様々な材料を各々で入れてゴリゴリ作る。作ったらすぐ味見。

「うおっ！　なんかめっちゃ冷たくってジョリってして、なにこれー⁉」

「おおおおお！　すっぺぇぇえ⁉　ヨーグルト入れたらすっぺえええぇ！　でもなんかつべてえええぇぇ⁉　なにっこれーーー⁉」

やんちゃ坊主たち、声がデカい。ジッと見下ろしていたのがバレたので、にっこり微笑んでやかましいよ」と告げるとお口がキュッと一本に結ばれる。うんうん、空気の読めるいい子になったね。

「わあ～、美味しい～」

「飲めるアイスみたい！」

「トワ、チョコレートいれたーい」

「え、大丈夫？」

「大丈夫よ。でもせっかくだから野菜多めにしてみましょうか」

「うん、そうだね！」

トワ様はチョコレートソースをどうしても入れたいらしい。ラナがバナナと数種類の野菜を入れてミキサーを回す。ちょっと泥みたいな色の半液体ができる。今までもラナが時折作っていたいわゆる〝チョコバナナ〟だ。これ液体になっても大丈夫なんだ？　今まではクレープに載せていた鉄板《てっぱん》って感じのチョコバナナだが、まさかそのコンビを液体にしてしまうなんて。

「チョコレートバナナスムージー一丁《いっちょう》でーす」

「ちょこばなな〜」

「おいらもトワと同じやつがいいです！」

「オッケー」

ワズはトワ様とお揃い。ラナのにやり、とした表情。ああ、これは屋台メニューに決定ですね。子どもたちの反応が最高だもんね。

「クールガンくんはなにがいい？」

「ファーラ嬢と同じものを……」

「あ、クールガンには野菜中心で」

「兄さま⁉」

クラナがクールガンに腰を折って話しかける。意気揚々とファーラのオリジナルスムージーを真似《まね》しようとするので、釘《くぎ》を刺す。クールガンは家の中だと跡取り息子として比較的甘やかされて育てられており、特に食事は優遇されがち。

俺やルースは野菜嫌いをかなり早い段階で修正されたのに対して、親父が家の中でクールガンを甘やかすので野菜を残すのを許されていた。もちろん、親父のそういうところは俺や母さんが補正する。

そんなわけで、食べ物に関しておやつは見逃そう。しかし、野菜を食わせる機会があるのなら容赦《ようしゃ》はしない。にっこりと微笑む俺に対して、半笑い。

「クールガンのスムージーは俺が作ってあげるね」

「あ……ヒッ……は、はい」

頭を撫でてそう言うと、うちの可愛い素直な弟は引き攣った笑みで返事をする。

とりあえず今まで使った野菜は全部入れて、抹茶と飲みやすくするために牛乳と蜂蜜を入れて、氷と共にミキサーのスイッチオン。

「はい、できたよ」

「あ、ありがとうございます、兄さま……」

めちゃくちゃ嫌そうな顔するじゃん。でもまあ、こういうところが可愛いんだよな。

「フランは？」

「俺はコーヒーでいいんだけど……」

「じゃあ、フランの分は私が作るわ！　大人向けのスムージーも欲しかったし！」

え⁉　ラナが俺の分を⁉　う、嬉しい……。でも、どんなものを作るのだろう、と不安を覚える。屋台で出すものだから、変なものは作らないと思うけれど。

「ベースを豆乳《とうにゅう》、コーヒー、ココアパウダー、シナモン、氷を入れて——」

ゴリゴリゴリ、とミキサーが鳴る。あっという間にできあがったコーヒースムージーをコップに入れてもらい、最後にチョコレートソースで飲みやすくして手渡された。あ、思ったより美味しそう。「それじゃあ、パンケーキとかき氷食べましょうか！」とラナが手を叩く。

全員が手をナプキンで拭いて、自分の分を持って席に着く。両手を合わせて——。

「「「「いただきまーーーーす‼」」」」

「いっただきまーす！」

「「いただきます」」

個性が出るねぇ。いただきまーす。

「あ、すごい飲みやすい」

「良かった。大人の目線でどう？」

「うん、アリ」

「野菜のスムージーは絶対にメニューに入れたいのよね。お肌にも健康にもいいから女性にはぜひ飲んで欲しいし、スムージーの美味しさでミキサーの売上も狙えるし」

まさかのミキサーの売上まで視野に入れていた、だと。天才すぎない？

「おかわり！」

「トワ様もう飲んじゃったんですか？」

「チョコバナナ、おいしい～！」

「え～、次はおれもチョコバナナ飲んでみたいなー」

「おいらも」

自分で選んだ素材で作った組が自分のスムージーを飲みながら、トワ様とワズの飲むチョコバナナスムージーをいたく気にしている。もうこれは、子どもに不動の人気を誇りそう。

「チョコバナナとコーヒー、野菜ミックスで夏祭りのメニュー決定ね」

ふふふ、とほくそ笑むラナ。スムージーの方はあっさりメニューに決定したな。

「なつまつり、いいなー。トワも行ってみたーい」

「トワって夏祭り来れるの？」

「うーん、夜だし難しいんじゃないかな」

なぜか俺に聞かれましてもね。でもまあ、夜は難しいだろう。お忍びでも護衛の数を増やさなければいけない。今日だってロリアナ様1人しかいないように見せかけて、影は2人くらい来てると思うし。

「浴衣《ゆかた》もあれば雰囲気出るんだけどな～。『紫竜ディバルディオス』から取り寄せたんだけど、全然売れてないのよね～」

と、ラナがまた新たな悩みを腕組みして呟く。ラナとしては『古き良きニホンのボンオドリ』みたいなのがいい、そうなんだけど全然分からない。ボンオドリってなに？

なんか広い場所に櫓《やぐら》を建てて、その周りでボンオドリするんだって。踊るスペースの脇には食べ物や飲み物、金魚すくいなどの屋台があり、飲食ができる。夕方から踊り続け、夜が更《ふ》けた8時や9時に大型花火を打ち上げてそれを見る——だって。

幸いにも『紫竜ディバルディオス』に同じ文化があり、デルハン先生は「いいですね盆踊り！」とすごく嬉しそうにしていた。他にも花火大会という大型花火を楽しむだけのものや、櫓のない小規模な盆踊りなど色々細かく違いのある祭りがラナの前世には溢れていたそう。

そういう夏にやるいろんな祭りを総じて『夏祭り』というらしい。

で、ラナが理想とする祭りが『盆踊り』だとしても、初めて開催が決まった今回の祭りはラナの理想通りとはいかなかったので『夏祭り』と呼称することにしたんだって。

あと、なんか『盆踊り』は夏にあの世から帰ってきたご先祖様を、お送りする祭りなんだとかなんとか。

その辺の考え方が『青竜アルセジオス』にはないので、夏祭りは「今後の繁栄を願って、新作竜石道具や料理の展示会兼、『緑竜セルジジオス』から一番離れた『紫竜ディバルディオス』の文化を楽しむ」の意味合いが大きいものになっている。開催場所が竜石職人学校だしね。

王侯貴族に普及していた冷蔵庫や冷凍庫、エアコンや小型竜石窯《がま》、防犯ブザーや食洗器などなど……の市民向けに小型化と簡易化されたものをお披露目する場って感じ。

平民に手が届くようなものに改良された竜石道具を実演販売するので、お祭りの雰囲気で財布の紐がゆるくなるようにという下心もある。

貴族向けに竜石道具専門店の出店も必要だろうとレグルスは『緑竜セルジジオス』王都ハルジオンの貴族街と、開発中の東区に店舗を建設予定。レグルス商会が取り扱う竜石職人学校で製造された竜石道具を、専属で販売する。

いずれ平民向けの商品を取り扱う店舗も建設予定なので、今回の夏祭りは宣伝の意味合いが強い。まあ、そういう理由を含めることでレグルスから祭りの開催費を捻出《ねんしゅつ》させたって感じなんだけどね。

なのでまあ、あまり他国に宣伝して触れ回っているわけではないけれど、嗅覚《きゅうかく》の鋭い商人が祭りには来るだろうし、祭り好きな『緑竜セルジジオス』人は遠出してでも来そう、とはカールレート兄さんの予想である。

「浴衣についてはお祭りでラナたちが着れば、興味を持ってもらえるんじゃない？　着方が分からないんだと思うんだよね」

「あ、そうか。どんなものなのか伝わってないから……分からないから売れないのね。レグルスのお店に展示してるんだけど、実際に着ている状況を見せた方が『自分も着てみたい』って思ってもらえるかもしれない」

「浴衣って着物の簡単なやつだもんね。今年の夏は暑いし、通気性のいい浴衣は着心地がいいと思う」

「うん！」

エリリエ姫が浴衣をレグルス商会に多種多様なサイズと帯や草履《ぞうり》などの小物も含めて大量に送ってくれたそうなので、売れないと在庫になってしまう。養護施設の子どもたちはそんな在庫を支給され、ファーラに着方を教わって寝る時にパジャマ代わりにしているそうだ。

「ごちそうさま～」

「ごちそうさまー！」

おっとそんな話をしていたら、子どもたちのおやつタイムが終わってしまった。ラナとしては屋台のメニューも決まったし、満足な時間となっただろう。ラナの満足そうな表情が今日も最高に可愛い。

「ロリアナ様が帰ってくるまで、川遊びをしましょうか」

「わーい！　川遊び〜！」

川遊びは危険も多いので、クールガンと目配せする。本当はクールガンにも川遊びを経験させてあげたいのだが、今日はトワ様がいるのでトワ様最優先で頼む。さすがに元からそのつもりなのか、クールガンも静かに頷く。

濡れてもいい服装に着替えて「誰が川に一番に辿り着くか、競争しようぜ！」とシータルが言い出す。お前……チーズ屋に通うようになってぶくぶく丸くなり、最近は運動も大変そうにしているのに……もしかして自分はまだ痩せていると思っている？　まあ、来たばかりの頃の子どもたちを思うと、標準体型といえば標準体型になったと思うけれど。

「じゃあ、よーいドン！　って合図をするわ。みんな、準備はいい？」

「「「はーい！」」」

みんなが手を挙げて、元気のいい返事をする。ラナが「よーい！」と最初のかけ声を出す。

そしてスタート合図の「ドン！」が放たれた瞬間、全員がダッシュを開始。トワ様とアメリーはやる気はあるけど足が遅いのでワズが手を引きながら川の方に走っていく。クオンとニータンとファーラも勝負よりも下の子が気になるみたいで振り返ったり速度を落としたりするけれど、やんちゃ坊主たちはまったく気にする様子もなく川に飛び込んだ。

「きゃーっほーーー!!」

「冷たくってきぼちいいいいぃぃぃい！」

川に入ってからすぐに泳ぎ始めるやんちゃ坊主たち。クオンとファーラがゆっくり足を入れて川の縁《ふち》にある岩に座る。ニータンも川の縁に腰かけて、膝下《ひざした》まで川の水に浸《つ》かる。ワズとトワ様、アメリーもようやく川に辿り着いて、浅い場所で水浴びを始めた。

子どもたちが川に入ったのを見て、シュシュとジャウも放牧場から駆けてきて川にダイブ。ラナ曰く「川辺でバーベキューしながら、水着で川遊びって夏の風物詩《ふうぶつし》よね～。夜は花火とかして」とのことだけれど、ラナの前世って空に打ち上げる花火が平民にも出回っているの？本当にすごい世界だね。

「姉さん、バーベキューの準備始めますね」

「よろしくね、クラナ。さてと、みんな！　泳ぎの練習をして川を制覇《せいは》するのよ！」

「「「おーーーー！」」」

ラナが拳を振り上げて、川の縁でコーチ役を始める。『青竜アルセジオス』では男女、平民貴族関係なく泳ぎの練習をするのは必須。貴族の屋敷にも城にもプールがあるし、夏場は大人だけが集まったナイトプール夜会なんていうのも開催される。『青竜アルセジオス』の子どもは憧れだよね、ナイトプール夜会。

まあ、俺とラナは成人した瞬間に『緑竜セルジジオス』に来ているわけなので、無縁のものになってしまったけれど。

そんな感じで川に入った子どもたちに、泳ぎ方を習得してもらうことにした。泳ぎを覚えておけば溺《おぼ》れないから、ということでトワ様もいるしちょうどいいかなって。

川の縁に手を置いて、うつ伏せになって「バタ足！」と足を全員でバタバタさせる。これが面白いらしく、みんなキャーキャー騒ぐ。可愛いね。……可愛いね……！

「次は息継《いきつ》ぎの練習よ！　腕を回して、腕が水の中に入る前に腕の方を見て一気に吸うの。立って練習してみましょうね」

「はーい」

「腕って両方回すの？」

「そうよ。見ててね」

と、言ってラナがお手本を見せる。俺とクールガンは周辺を警戒しながらその様子を微笑ましく見守った。クラナが夕飯のバーベキューを準備して、穏やかな午後の時間が過ぎていく。

ふと、アーチ門の方に影。クールガンにその場を任せて近づくと、超ご機嫌な表情のロリアナ様とユージーンさんがお互いの愛馬に乗ってやってきた。

「送ってくださり、感謝いたします。ユージーン様」

「とんでもない！　ぜひまたお会いしたいです。次は自分からロリアナ様に会いに行かせてくださいね」

「は、はい！」

どうやらコメットさんとユージーンさんの双子と面会して、ユージーンさんに軍配《ぐんばい》が上がったらしい。存外ユージーンさんがニッコニッコ。騎士同士、気が合ったんだろうな。それに、末っ子のユージーンさんとトワ様を溺愛《できあい》している姉のロリアナ様は相性がいいんだろう。

送ってきてくれたのに、話がまた弾んで盛り上がってきている。うーん、邪魔するのは心苦しいのだが、今日はトワ様が来ているのでここら辺で仕事に戻ってきてもらおう。

「ロリアナ様、お戻りになりましたか」

「ユーフラン殿！　あ、ああ！　すごく、その、今日は大変有意義な席を設けて頂き、感謝する！」

「有意義な時間を過ごせたようでなによりでございます。トワ様も今はおやつを食べ終わって、泳ぎの練習をしております」

まあ、泳ぎの練習は食べたあとなのであまり無理しない程度に、だけれど。川の方を向いてトワ様が元気で無事なのを確認させる。

「おやつかぁ」

「……今夜はバーベキューの予定で、今準備を進めているのですが、ご一緒にいかがですか？」

「ぜひ！　ユーフラン殿とエラーナ殿の作るものはなんでも美味しいからな！」

「俺もご相伴《しょうばん》に預かってもいいですか？」

「あー……。まあ、そう、ですね。まあ、ちょっと特殊な事情があるので、それをご理解頂けるのでしたら……」

「事情？　なんだ？　それ」

ユージーンさんなら事情を話せば大丈夫かな、と判断し、さらにロリアナ様にも確認を取り、一度カフェの外席に案内してトワ様が『黒竜ブラクジリオス』の王子様で、生まれながらの『聖なる輝き』を持つ者で昨年の大雨の日に盗賊に追われていたところを見かけて保護したことを話す。

迎えが来るまでの間に『エクシの町』の家畜屋の息子、ワズと〝友達〟になったこと。平民と、王族が。定期的に予定を合わせて今もこうして遊ぶことがあるのだ、とそこまで説明すると、かなり驚かれた。

しかし、生き生きとうちの子どもたちとワズに話しかけて笑っているトワ様を見て、ユージーンさんはふわ、と微笑む。

「そうだったんですね。子どもが笑っているのはいいことです。いや、子どもはああでなければ。ロリアナ様はあの笑顔のために、国境を越えて弟君を守ってきたのですね」

「あ、い、いえ。でも、今日は……今日はユーフラン殿にお任せしてしまいました。護衛騎士として本当はやってはいけないことです。職務怠慢ですっ」

職務怠慢、かぁ。でも最近はトワ様から目を離してカフェのデザートに夢中だったような気がするんですけれど。ユージーンさんがロリアナ様をじっと見つめて、そんなユージーンさんの眼差しにロリアナ様の顔は真っ赤に染まった。アー、これはハイハイ。

「いやいや、そのおかげでロリアナ様に出会えたのです。トワイライト王子の判断に感謝しなければ」

「そ、そんな……」

あれ？　俺今なにか見せつけられている？

「まあ、ユージーンさんが事情を理解してくれたのであれば良かったです。今は俺の弟に護衛を一任しているので、そろそろ戻りたいのですが」

「はっ！　そ、そうだな！」

引き離すのは心苦しいが、声をかけて川の方に戻る。ラナには「ユージーンさんに話したんだ？」とすぐに察して頂けた。さすがですね。ロリアナ様が帰ってきたことに気がついたトワ様が、川から上がってきて抱きつこうとする。それを俺がやんわりと抱き上げて、ロリアナ様に「先にお着替えをなさっては？」と言うと本日何度目かのはっとした表情。

今ロリアナ様が着ているのはラナのドレスと靴なので、騎士の装いへ着替えに俺たちの自宅に向かう。ユージーンさんはクラナに声をかけて、野菜のカットを手伝い始める。

「トワ様いっぱい泳ぐのを練習しましたね。そろそろお着替えして、お帰りの準備を始めましょうか」

「え〜〜〜！　まだ遊びたい〜！」

「我儘言っちゃダメだぞ、トワ。ほら、温泉行って体キレイキレイしよう」

「おんせん！」

すごいな、ワズ。一瞬でトワ様を温泉に誘導した。男子たちが温泉に向かい、女子たちは自宅のお風呂場で体をさらりと洗い、髪を乾かす。温泉の方にもドライヤーを始め籠や棚を設置していたのだが、トワ様がキャッキャと動くのでちょっと危ない。なのにワズがあっさり宥《なだ》めて髪を乾かしてやると大人しくなる。ワズすごいな。俺よりもトワ様の扱いが上手い。

牧場の方に戻ると、騎士服に戻ったロリアナ様と女子たちがバーベキューを開始していた。

これを食べたらもうダメだろうなぁ、トワ様。

「おにく、おやさいー！　いいにおいー」

「熱いからお口火傷《やけど》するよ。ふーふーして」

「んあー」

串《くし》に肉と野菜が様々刺さっていて、ラナお手製のソースを塗って焼いてあった。それをお皿に串から引き抜き、ワズがふーふー冷ましてフォークで食べさせてあげる。

癒《いや》し空間すぎて心が浄化《じょうか》されるな。お肉と野菜全部美味しいし、他の子どもたちもわいわいとバーベキューを楽しむ。

「トワ様、あまり暗くなると帰るのが危なくなってしまいますから」

「お泊まりしたい！」

「ダメです！」

そう叫ぶロリアナ様はバーベキュー串を両手に3本ずつ持っているのだが、なんというか、その……説得力というものが……。

「もうちょっと食べたい！」

「もう、仕方ないですね！　今お皿にあるものを食べ終わったら帰りますよ！」

お残しはよくないもんね。ロリアナ様も串の肉や野菜をワイルドに食べていく。これ、ユージーンさん大丈夫？　って思ったらニッコニッコで見守っている。あ、大丈夫そうですね。

「いっぱい食べる女の子って可愛いよな」

「あー、そうですね」

まったく問題なく大丈夫そうですね。

「トワ、大丈夫か？」

「うーーー」

なんてやっていると、トワ様が限界に達した模様だ。子ども特有の急に眠気に負けてふらふらするやつ。なんなら食べながら寝ちゃいそうになるやつだ。ふらふらするトワ様からクオンがお皿を回収して、ファーラとクールガンが席に座らせる。ナイスサポート。

ロリアナ様が新たに1本串を手に取ろうとしたが、トワ様の体力切れを見て「お土産に包んでもらえないだろうか」と真顔でクラナにバーベキューをお土産にしてくれるよう頼み込んでいる。クラナも自分が作ったものを美味しく食べてくれただけでなく、持ち帰りたいとまで言われたのが嬉しかったらしくニコニコしながら「いっぱい包みますね」とカフェから保温箱を持ってきて「蓋、ハマる？」ってくらいに、山盛り。

「ああ、ロリアナ様、もうお帰りになるんですね……」

「は、はい。ですがあの、お手紙はお送りしますので」

「はい、お待ちしております！　また来月にもお会いできるんですよね！」

「はい！　その時は、あの、またゆっくりとお話しさせてください」

「もちろんです！」

というやり取りを、子どもの目の前でやってしまったものだから、みんなに「ひゅーひゅー」と冷やかされる。2人は満更でもない顔。たった1日でこんなになるとは思わなかったなぁ。ラナもなんともいえない表情。でも紹介して良かったわね、と俺に向かってふにゃりと微笑む。世界一可愛いですね。胸が苦しすぎて心臓が痛い。眩《まぶ》しすぎて目を開けていられない。つらい。

「それでは、今回もありがとうございました！　また来月時間を作ったらご連絡します！」

「はい、また」

「トワ、またな！」

「うーーー」

もう半分寝てしまったトワ様を抱き上げて、ロリアナ様はうちの畜舎に預けていた愛馬の方に行って牧場から飛び上がる。ワズの別れの言葉に俺たちも手を振りながら見送った。

しかし、トワ様を見送ってからワズも目を擦《こす》り始める。まあ、遊泳ってめっちゃ体力使うもんね。頭を撫でてあげると「おいらもそろそろ帰らなきゃ……」と言う。

「クラナ、ワズにもお肉と野菜を保温箱に――」

「はい。ワズくんの分も保温箱にたっぷり用意しておきましたよ！」

「さすが～。じゃあ、ワズを送ってくるよ」

「ええ、気をつけてね」

半分寝ているワズを抱っこして、ラナたちに「ワズを送ってくるね」と断りセージに乗って『エクシの町』に向かう。俺のお腹に背中を預け、もう本格的に寝落ちしている。今日1日、お店のことを考えずトワのお兄ちゃんで養護施設の子どもたちの友達やってたから、完全に気が抜けているんだろう。

そりゃナードルさんが回復してワズが店を手伝ったりしなくてもいいのだろうけれど、家族思いのワズは積極的に店を手伝っている。まあ、家族と働くのが楽しいのだろうし、ワズが自分で選んでやっていることなんだし、幸せなら別に子どもが働くことは否定しない。人間働かないと生きられないもんね。

『エクシの町』の家畜屋に到着した頃には、もう日が完全に落ちてしまった。夏の日の入りはもう夜ご飯の時間。さすがに心配したのか、俺がセージを下りたらちょうど家からローランさんが出てきて目が合う。

「まあ！　ユーフランさん！　ワズ！」

「すみません、遅くなってしまいまして」

「いいんですよ。日の入りも遅くなってしまったから、夢中で遊んでいたんでしょうね。まあまあ、うふふふ」

馬から降ろしたワズをローランさんに渡す。すっかり寝てしまったワズが可愛くて仕方ないと言わんばかりの母の顔。そんなローランさんを玄関の前まで送って、今度はナードルさんも出てきた。ちょうどいいからナードルさんにバーベキューのお裾分《すそわ》けを3人分――3箱手渡す。すると仰々《ぎょうぎょう》しいくらいに「すみません！」「わざわざありがとうございます！」と、頭を下げまくる。いえいえ、こちらこそ。

「バーベキュー、夏の間は頻繁《ひんぱん》にやる予定なので今度3人で食べに来てください。食糧だけはたくさんあるので」

「まあ、素敵なお誘い……！　はい、美味しいお肉を持ってお伺《うかが》いいたしますわ」

家畜屋からお肉を頂く話は複雑な気持ちになるなぁ！

「そうだ。月末の〝夏祭り〟も楽しみにしております」

「ああ、はい。俺も楽しみです」

4章　夏祭りと結婚式計画

あっという間に7月も末。

竜石職人学校の校庭を囲むように数十の屋台が建っている。屋台の内容は月一で開催される市場のようなもの。まあ、ラナが考えているような食べ物やくじなど遊ぶようなものではなく、古着や布、お茶や装飾品を売っている。だからこそ、ラナのかき氷の屋台は異様なほどに人が群がっていた。

他の屋台の商人が売り場を抜けて、ラナの屋台に並んでいる。子どもたちも屋台のお手伝いをしているが、大忙し。俺も氷に注文の装飾とシロップをかけて、接客のファーラとクラナとクオンに手渡す。

「あああ、全然ファーラ嬢と2人きりで話ができない……！　俺の休暇が終わってしまう……。ユーフランお兄さまにもあんまり構ってもらえないしぃ……！」

「それは俺だって……」

俺の隣でファーラにいいところを見せたくて屋台を手伝っているクールガンは、珍しくへこんでいる。この辺りは『青竜の爪』も出せないし、目的のファーラとは2人にもなれずゆっくり話せないし、多分手伝いをするのは嫌ではないのだろうけれど、俺もなかなかクールガンをたっぷり甘やかしてやれないしで不満が溜まってしまっているなあ。

ごめんね、とクールガンに言うと、真顔で「え、別にそんなに不満はないです。ファーラ嬢の普段の生活を見られましたし、ファーラ嬢の家族もちゃんと紹介頂けましたし」と返事をしてきた。あ、そう。

でもまあ、ファーラの家族については貴族たちにとって『聖なる輝き』を持つ者の弱点になりえる。貴族であるクールガンにファーラが家族を紹介したというのは、それだけクールガンを信用しているということだ。

クールガンもそれを理解しているので、ファーラの家族に会わせてもらえたのは——まあ、曰く休暇を利用して押しかけて来ただけ、なんだろうけれど——ファーラに信じてもらえているっていう自信になったんじゃないかな。

前回は日帰りでトワ様も来ていて、1人1人と話をしたわけではなかったけれど、今回はうちに宿泊して2週間近くファーラたちと一緒に過ごし、顔と名前、性格も把握してやはり特にニータンと話が合うみたい。あと、意外にもアメリーの面倒をよく見ていた。クールガンは実家でも真ん中。下の子の面倒もそれなりに見ているし、年下の女の子というのは弟ばかりのクールガンには新鮮なのかもしれない。

「おーい、ユーフラン！　例の方にも手伝いを頼む！」

「あ、はーい」

正直俺だってラナと2人で過ごしたいのだけれど、前王陛下が領館に移動したあともクールガンが来ちゃったから最近寝る前のハグしかしてないし……なんてちょっと思ってたんだけれど、クーロウさんが俺を呼びに来た。

このあと東区の川べりで、花火大会の準備をクーロウさんとクーロウさんのところの若い衆と行う予定だったんだよね。

なのでラナに「アレの準備行ってくるね」と声をかけると、スムージーを担当していたラナは一瞬俺の言っていることを理解できなさそうにキョトンと目を丸くする。可愛い。けれどすぐに疲労の滲んでいた表情がパアァ、と明るい笑顔になった。ウッ、眩しい！　可愛い！　目が潰《つぶ》れる……！

「うん！　がんばってね！　あ、怪我《けが》とかしないで！」

「うん、行ってくる。頑張ってくるから、見ててね」

ラナが周辺に花を飛ばしながら手を振って見送ってくれる。

お客さんはたくさんいたので、ラナの反応を見て「他にもなにかイベントがあるのか？」と覗き込んだり、子どもらに「このあとなにかあるのか？」と質問している。

子どももなにをやるのかは知っているけれど、花火がどんなものなのかは知らないので「なんかすっっっごい、すっごーーーいこと！　やるって！」という逆に好奇心を煽《あお》るような言い方をして、お客さんたちはなんとも言えない表情。

クーロウさんについて東区の川べりに移動した。この辺りは川が近いから、湿度が高くてなんとも……じっとりまとわりつくように暑い。服で汗を拭いて、虫を払いながらランプで照らされた打ち上げ現場を見渡した。

エリリエ姫様から贈られてきた『紫竜ディバルディオス』の打ち上げ花火に必要な一式。打ち上げ筒《づつ》が5つ列になっているものが3つ。そして〝玉〟という花火の素《もと》。これを筒に入れて、導火線に火を入れて打ち上げるんだって。

導火線に火を着けるのは手動なのでクーロウさんを始めクーロウさんのところの若い衆数人が打ち上げ現場に集まっている。

「火傷に注意しろよ～。耳栓《みみせん》はやったか～」

「「「う～っす」」」

「準備が終わった奴は水分補給しておくようにな。おい、ユーフラン、周辺の警戒を頼んだぜ」

「うぃ～す、了解です～」

俺の仕事は、職人さんたちの護衛。初めての打ち上げ花火なのと、噂の盗賊団を警戒しているんだ。

打ち上げ花火は『紫竜ディバルディオス』で毎年祭りのトリとして使われるし、エリリエ姫の手紙によると打ち上げ花火だけの『花火大会』なるものもあるくらいだし、王族の結婚式や国の大型行事でも打ち上げ花火は使用されるらしい。

そのくらい『紫竜ディバルディオス』では一般的なものだけれど、『緑竜セルジジオス』では初めて。物珍しさから盗賊に狙われるかもしれない、とクーロウさんが心配しているのだ。

領館には前王陛下もまだ滞在しているというし、せっかくだから陛下にも打ち上げ花火を見てもらえたらいいなあ。

俺も打ち上げ花火は5年前くらいに一度見ただけだし、あの時は遠くからだったのだけれど真下からだとどんな感じなんだろうか。とりあえず絶対うるさい。クーロウさんに耳栓を勧《すす》めたのは俺である。

懐中時計を開けて見てみると、夜7時を指す。クーロウさんに懐中時計を見せながら頷く。クーロウさんも時計を見て頷く。そして大声で「時間だ！　始めるぜ！」と合図をする。

会場の方でもラナが打ち上げ花火を宣伝してくれているだろうから、俺も俺の仕事をしよう。

っていっても音で耳を頼れない。罠は一般人が近くにいるから使えない。

だから――。

「緑竜セルジジオス、力を借ります」

『緑竜の爪』10爪フルで顕現《けんげん》させて、クーロウさんたちを囲むように半径20メートル付近の草の合間に忍ばせる。周辺の竜力の流れに注意を払い、視界に反映すると竜爪が囲う周辺の見え方が変わる。生き物が光って見える。不思議な感じ。

あ、今更だけれどクラリエ卿に教わった竜石に竜爪を保存して一時貸出するやつ、試してみれば良かったなぁ。まあ、うちのクールガンは竜爪がなくっても強いけれど。

正直5人程度の盗賊なら、お兄ちゃん盗賊に同情しちゃうレベルだけれど。

でももう少し範囲を広げられそう。25メートル……30メートル。この辺が限界かな。


——ドォオオン!!


「うわ」

一瞬集中が切れるような振動と轟音《ごうおん》で思わず声が漏れた。見上げれば、目一杯に広がる夜空の光の花。

「すっご……」

俺も耳栓しているけれど、振動で腹から響く。こりゃすごいわ、マジで。無数の色とりどり

の花弁《かべん》が開いてすぐ、散って消えていく。あまりにも儚《はかな》く、美しい。

　これは、俺もラナと一緒に眺めたかったなぁ、なんて思う半面ものすごく楽しみにしていたラナの笑顔を思い出すと、今めちゃくちゃいい表情で見上げてるんだろうなって思う。

　ラナの笑顔が直接見られなくても、想像するだけで幸せ。もちろん仕事もしますけれどね。

「ヒュ────！　こいつはすっげえええやあああ！」

「あははは！　俺たち超特等席っすね────！」

「うおおおおお！　は─なび────！」

「腹にめっちゃ響くっスねえぇぇ!!　親方────!!」

「ああ!?　なんだって!?　なんにも聴こえねぇよ!!」

　クーロウさんたちもあまりの絶景でテンション駄々《だだ》上がり。分かるけど、一応火の取り扱い中なので気をつけて欲しい。


　花火の時間はあっという間だった。なんと、たった30分ほど。あんなに木箱いっぱいに詰まっていた花火玉があっという間になくなってしまって、本当になんか色々とすごい時間だったように思う。

　後片づけをクーロウさんのところの若い衆にお任せして校庭に帰ると、そこは未だかつてない熱気に溢れていた。

「フラン！　おかえりなさい！　花火めちゃくちゃすごかったんだけどー！」

「うん？　うん」

「え？　どうかした？」

「あ、ごめんね。いま、あんまり音が聞こえなくて」

「あ、ああ、それは、そうよね。真下だものね……」

お察し頂けてなによりです。

「でも本当に本当にすごかったわ！　私感動しちゃった！　エリリエ姫にお礼のお手紙送らなきゃ！　フランもクーロウさんも打ち上げご苦労様でした。特製スムージーを作っておきましたので、ぜひ飲んでいってくださいね！」

ああ、せっかくの可愛いラナの声がほとんど聞こえない。耳栓していてもこの聴力麻痺っぷり。全身もまだなんか揺れている感じがするし、クーロウさんもちょっとふらふらしながらラナが差し出してくれたコップに「あ、頂きます」となにかを察して手を伸ばす。

脳が痺《しび》れたような感覚の中、コップの中身を一口。

「「うまぁ……」」

「良かったです！」

ああ、脳どころか体全体に染み渡るかのようなひんやりとした程《ほど》よい甘味。もう何味なのかよく分からないけれど、これはもう〝染みる〟以外の感想が出てこない……。

「いや、本当にすごかった！　あれが打ち上げ花火か！」

「『紫竜ディバルディオス』の文化なんだって？　よく再現できたな」

「お嬢さん！　これは王侯貴族の結婚式なんかに絶対好まれる！　どうにかノウハウをうちにご教授願えないか⁉」

「あー、ええと……今回のあれはエリリエ姫殿下からのご厚意《こうい》でレグルス商会が取り寄せたものでして、申し訳ないのですがお問い合わせはレグルス商会の方にして頂ければ……」

「面会のご予約でしたら、こちらで受けつけます。現在商会長は国内を留守にしておりますので、帰国後になると思いますが」

なんかわちゃわちゃラナの近くに他の屋台の商人が寄ってくる。それをニータンが遮るように立って、バインダーに挟んだ書類に日付と商会名と商人の名前を書き込んでいく。

なにしてるんだろう。話し声がほとんど聞こえないから、なにをやっているのかよく分からない。予約？　ああ、レグルスが今留守だから、面会予約かなにかかな？

つまり、この場で仕事してるのか、ニータン……お前も染まってしまったんだな。おかげでクオンがなんとも言えない表情でニータンの背中を見つめている。なにしろすぐ横で大興奮しているファーラがクールガンになにか話しかけ続けているのだから。クオンもニータンに話しかけたいんだろうなぁ。

なお、クールガンはファーラの話をデレデレ聞いている。ニコニコではない。デレデレだ。我が弟ながら、ダメ人間みたいな顔になってるなぁ。

「フラン、もう少し休んでいて。多分そろそろ『エクシの町』から花火を見て『ちょっとお祭りを見てみようかな』っていう人たちがなだれ込んでくると思うの。あ、えーと聞こえる？」

「えーと……」

ごめんよ、まだよく聞こえない。謝ると、ラナはニータンに紙をもらって筆談で教えてくれた。なるほど、花火を見てなにごとかと思った町の人が、竜石職人学校でなにかイベントをやっていると知って、気球お披露目で散財したからと来るのを躊躇《ためら》っている層がやっぱり気になって誘き寄せられる……と。

さすがだ、ラナ。そこまで考えて「あえてこの時間に打ち上げ花火をするの」と、言っていたのか。でもこれ『エクシの町』の皆さんのお財布大丈夫？

「ラナもあんまり無理しないでよね？」

「うん！　明日明後日はちゃんとお休みするから大丈夫よ！」

よく聞こえないけれど、なんか「大丈夫！」って言ってそう。

まあ、俺も『緑竜の爪』を10爪全部使ってしまったからなんとも、疲労感が半端《はんぱ》ない。お言葉に甘えて、少し休ませてもらおう。

でも――ラナの笑顔はやる気に満ち溢れていて、他のお客も熱気に溢れているのを見るに、打ち上げ花火は大成功だったみたい。

みんなのこんな様子を見たら、やって良かったって思うよね。まあ、俺は警備していただけだけれど。

◆◇◆◇◆

「大変よいものを見せてもらったよ」

「ぜ、前王陛下……！」

大成功で幕を閉じた初の『夏祭り』翌日、俺とラナの自宅にデルハン先生と『青竜アルセジオス』のアルベルト・アルセジオス前王陛下がやってきた。

玄関先で硬直する俺とラナ。そこに、朝食中だったクールガンも出てくる。

「陛下、体調はよろしいのですか？」

「うむ。デルハンとメリンナ、領館の者たちのおかげで来た時よりも体調がよくなった。意外なことだが『青竜アルセジオス』よりも涼しくて、夏バテから回復できたようだよ」

あ、陛下夏バテだったんだ……。『青竜アルセジオス』は城にも水路が張り巡《めぐ》らされていて、結構涼しいんだけどその分今年みたいに気温の高い夏は昨日の川べりみたいに蒸し暑いもんなぁ。体の弱いアルベルト陛下は夏バテになってしまっていたのか。

「エラーナの作ってくれる雑炊や粥飯は満腹感も栄養もあって、本当に美味しかったよ」

「陛下の体調回復のお役に立てたのでしたら、光栄です」

「できれば夏の間はもう少しあのクーラーがある施設に滞在したいのですけれど……建設中のところが多くて音が……」

「そればかりは、そうですね」

デルハン先生的には室温100点だったが騒音でマイナス点だったらしい。しかし東区は開発途中なので仕方ない。そう思っていると、前王陛下がまーたシレッと「ダガン村の開発費を倍にして、『青竜アルセジオス』側も領館を建てて来年の夏もこちらでゆっくりするとしよう」と言い放った。

いずれそういうことになるとは思っていたけれど、今回前王陛下が避暑という名の視察に来たことで、方針が定まってしまったらしい。ああ、やっぱりね。そうなる気はしていましたけれども。

「クールガン、ダガン村の付近の領地はそなたがいずれ治めるという話であったが、できるだけすぐに管理人を立てて開発を進めて欲しい。そなたはまだ若く、そなたの父もまだ現役。そなたの祖父母に頼むのがいいだろう。ヨーネスたちもまだ若い。孫に頼られれば喜ぶだろう」

「え、じいじに、ですか？　え、ええと……」

俺を見上げてくるクールガン。しかし、前王陛下の出した名前には俺だって目を丸くしてしまった。

ヨーネス・ディタリエール・ベイリー。俺とクールガンの祖父だ。親父が絶対頭が上がらない人間はこの世に3人いるのだが、そのうちの1人はじいちゃんだ。他2人は母さんとアルベルト陛下。

「大丈夫だよ、聞いてごらん。お金は国から出すからね」

「えっと、は、はい。分かりました。父に聞いてみます」

まだ俺の顔を見上げてくるクールガンには申し訳ないけれど、俺はもう『緑竜セルジジオス』の貴族になってしまったので、俺からはなんとも言えないんだよね。

親父に相談できるならあとは丸投げしていいんじゃない？　親父には怖い人だけれど、孫の俺たちには甘々《あまあま》のじいじだから。

「さて、ユーフラン」

「はい」

え、俺？

陛下に名前を呼ばれてビクッとしながら姿勢を正す。ふふ、と目を細めてから——

「君にはずっと愚息の世話で無理をさせたね。謝るのが遅くなってすまない」

「は⁉　いいえ！　そんな……陛下にはいつも気を使って頂いていたのは分かっています！　謝罪なんて……！」

「アレの父親としてのけじめだ。まあ、私が謝りたいだけで君がアレを許す必要もないことだ。今は自分のやったことが全部返ってきているから、自業自得なのだが」

ああ、前王陛下から見てもアレファルドは地獄継続中なんだな。クックッと笑いながら陛下は「足元を固めてこなかったから、今は大変そうだよ」と言う。でしょうね、としか……。というか、今も苦労しているんだ。

まあ、普通なら学園在籍中に未来の家臣たちに王の器を見せつけて、将来のために人心《じんしん》を掌握《しょうあく》しておく必要がある。でもアレファルドはリファナ嬢に夢中。３馬鹿も自分の部下になる者たちになにか配慮することもない。結局、アレファルドを含めた４人とも、人の上に立つ器がなかったんだろう。

笑いを噛み殺す陛下の様子を見るに、陛下はほとんどアレファルドの支援はしていないのだろうな。

しかし、それでも一国の王だったアルベルト陛下は、息子がアレでも国のために体調がよくない中でもこんな場所まで出張ってきて国境の様子を視察に来てくれるのだから——やっぱり器が違うんだよなぁ。

「それと、もう1つ」

「え!? は、はい！」

まだあるの!? びっくりしてちょっと声が裏返っちゃった。

「シャオレーン王に手紙を届けてくれた件も、ありがとう。ただ、そちらの件はまだ解決に至っておらん」

「え——あ。……例の、でしょうか？」

「そう。君も気をつけておきなさい。条件は厳しいが君も竜石眼を持つ身。邪竜信仰が今、壊滅状態になっているからこそその陰で蠢《うごめ》いていたものが活性化している。アレファルドが力不足なのは本人も自覚している故《ゆえ》、今後の成長に期待はしているが……それを差し引いても開発中のこの付近は、つけ込みやすくもあるだろう。もう入り込んでいるかもしれない、というのも含めて、あまり気を抜かないように」

「……肝《きも》に銘《めい》じます」

シャレにならない内容だったわ。だが、『黄竜メシレジンス』でシロエと遭遇した時点でそれは考えとくべきだったかも。俺も平和ボケしてるなあ。

とはいえ、『紫竜ディバルディオス』の御三家の一角から盗まれたという兵器は、その家の竜石眼でなければ扱えないはず。

竜石眼を持っていれば誰でも使える、なんて代物《しろもの》ではないはずなんだけれど……もしかして、そうじゃない？　実は竜石眼があれば誰でも使える？　でも、だとしても竜石眼を持つ人間が裏社会にいるもんだろうか？

……いるのかも。アルベルト陛下の表情が物語っている。

俺が知っているのなんて、裏の世界のほんの表層。広域指名手配犯の顔と人相《にんそう》書きくらいなもの。もし、また直接オルドレイド様にお会いする機会があったら『紫竜ディバルディオス』の兵器に関してちゃんと聞いてみようかな。

「あ。えーと、ちょっと不審者には気をつけてねっていう話だよ」

「もっと物騒《ぶっそう》な話に聞こえたんだけれど？」

強い視線を感じて隣を見ると、やっぱりラナが俺を不審な目で見上げていた。俺と陛下しか分からないような話をしていたから、勘ぐられたっぽい。

でも今すぐどうこうという話ではないし、あんまり関わって欲しくないし、ごまかすとまたジトーっていう表情で見上げられて……。

「どんな目でもラナに見上げられると恥ずかしくなるから許して……!!」

「クッ！　そういう言い方はズルいわよ!?　許しちゃうじゃない！」

「あらあら」

「はっはっはっ、仲がよくてなによりだ。では、我らは帰るとしよう。世話になったな。いずれまた会おう、ユーフラン、エラーナ」

「あ、は、はい。お気をつけて」

「こ、こちらこそ！　お会いできて光栄でした。どうぞお体にはお気をつけて！」

クールガンも一緒に帰るのかな、と見下ろしたがなんとも言えない表情で――なんとなく拗《す》ねたような表情で見送っている。確かに陛下には護衛の騎士もいるし、今のクールガンはアレファルドの護衛だから陛下と一緒に帰る必要はないと思うけれど……。

「クールガンはどうするんだ？」

「俺はまだもう少し……調べることもあるので……」

「調べもの？　俺それ聞いてないけど……なに？　手伝う？」

「あ、いいえ。俺が父さまに頼まれたものなので」

大丈夫です、と手をバッテンにされてガチのお断りをされてしまった。ってことは国防に関係することか。国境に俺がいることで、親戚の伝手で幼い弟を泊まらせる、という手を有効活用しているわけね。アレファルドにはルースがついているんだろうけれど、クールガンよりも煽りスキルが高くて3馬鹿との相性が悪いので心配だな……大丈夫だろうか……城の壁。

「なんかあなたたち私に隠してなにしようとしてるのかしら？」

「「はっ!?」」

別に気を抜いていたわけではないけれど、後ろにラナがいるのにそんな話をしてしまってまたジトっと睨まれてしまった。だがそこはクールガン。

「義姉さまは兄さまと結婚して『青竜アルセジオス』の貴族じゃなくなったのですから、内緒です！」

と、腕を組んで顔をプイっと背《そむ》ける。そんな一見すると可愛げがない態度にラナはスン……と真顔になって「可愛いから仕方ないわね。これ以上聞かないわ。私とフランは結婚して『緑竜セルジジオス』の貴族になっちゃったものね。ふふふ」と最終的にはにやけ顔を耐えられなくなって許してしまう。

俺には今のクールガンの態度がどうしてこんな風に許されるのかが分からないよ。

そんなちょっと荒れた朝は、養護施設の子どもたちが来ると瞬《また》く間に喧噪《けんそう》でそれどころではなくなる。

家畜たちの世話を一通り終わらせると、みんなあれやこれや言って朝食作りを始める。そして、カフェのテーブルをくっつけて朝ご飯。

さすがに1年も経てば朝食をスプーンやフォークを綺麗に使って食べられるようになり、最低限——平民基準で食事を静かに食べられるようにはなったなぁ、と思うけれども。

「ねえねえ、エラーナお姉さん！　これ見て！」

「なあに？　ノート？」

食事が終わるとクオンが紙の束《たば》を紐で括《くく》ったノートをラナに手渡した。食器洗い機に食器を入れればお勉強タイムなので、今までの復習を見て欲しいのかと思ったラナはパラパラっとそのノートを捲《めく》っていく。

「これ、クラナの結婚式じゃなくて私とフランの結婚式プラン？」

なんですと!?

「えへへ！　そうだよ！　クラナの分は家に帰ってからクラナの希望とか聞きながら作ったんだけど、エラーナお姉さんとユーお兄ちゃんの分はこっそり作ってたの。でも昨日、だいたい完成したからもっとこうしたいとかあったら聞きたいなって思ったの」

「あ、ありがとう、クオン……！　ねえ、このドレスってもしかしてクオンがデザインを考えたの⁉」

「う、うん。まだ勉強中だから、あの……もしそのドレスのデザインが気に入らなかったら、この中から選んでもいいよ」

と、クオンがスケッチブックを取り出す。それをラナに見せると、珍しく「ええ⁉　すごいじゃない！　本当にすごいんだけど⁉」と手放しでべた褒めし始めた。俺もラナの後ろに回り込んで覗き込む。

え、え⁉　いつの間にクオンはこんなに絵が上手くなったの⁉　ドレスの種類も、こんなに勉強してたの⁉

「ね！　ね！　すごいよね、クオン！　すごいんだよ！　毎晩、いっぱい描いてるの！　全部可愛いし、男の服もカッコいいの！」

と、我がことのように嬉しそうに自慢してくるファーラ。

うんうん、正直留学の話も「できたらいいけど、ファーラの『聖なる輝き』を持つ者パワーでゴリ押しできるでしょ」って程度だったけれど、これなら別にファーラの権力を使わなくても実力で留学できちゃえそう。

俺もお使いで仕立て屋に行ってドレスや紳士服を色々見てきたが、定番から少し前衛的なもの、伝統的なもの、国ごとの特色も分けて描かれている。

ウェディングドレスとタキシードのデザインもスケッチブック2冊にまとめられていた。

本人は「まだ2冊だけだけど」と言うが、去年まで文字も書けなかった子どもが、人間描けるようになってるんだけど？　俺でもこんなに人間上手く描ける自信ないよ？　マジですごいんだけど⁉

「これ可愛いわ！　でも7ページのドレスも可愛い……え、こうして見るとマーメイドラインのドレスも可愛いわね。え、ええ〜〜〜、こんなにたくさん種類があると悩んじゃう！　フランはどんなドレスが好き⁉」

「え⁉　え⁉」

突然の話に混乱した。お、俺が、選ぶの⁉　でも、ラナならどんなドレスも着こなすと思う——って口にしそうになったが、実家でドレスを選んでいた母さんが、親父に「どれがいいかしら〜？」と聞いて「ディアナはなんでも似合うから、どれでもいいのではないか？」って言ったら「んもう、なんでもいいじゃ決まらないわよぉ」と叱られていた出来事が頭をよぎった。

そして、その時に母さんは「フランはどれがいい？」って俺に話を振ってきたのだ。あまりの丸投げ！　面倒くさい！　クソ、親父が無責任なことを言うから！　と、逆ギレしていたのを思い出した！

つまり——全部似合う、というのは返答としてハズレ！

「え、ええと……やっぱりウェディングドレスの王道といえばプリンセスラインだけど、しっかり者でスタイルのいいラナが着るにはちょっと子どもっぽいような気がする。スレンダーラインはちょっと体のラインが強調されて、あんまり着て欲しくない、かも。マーメイドラインも可愛いと思うけれど、活発で元気のいいラナが着たら転びそうで心配だけれど、そこは俺が見ていればいいかなって思うからラナが着たいなら着てもいいと思う。エンパイヤラインかAラインがいいのかな、と、思った」

「え、あ、う、うん」

あれ？　俺なにか間違えた？　微妙に引かれたような顔なんだけれど。

「フランにもやっぱり好みとかあるのね。エンパイヤラインかAラインね」

「え、ええと。でもあの、ラナが着たいドレスを着ればいいと思うよ。ラナが着たいっていう気持ちが一番大事だから……」

「んもー！　ユーお兄ちゃんも自分のタキシードを選ぶんだよ！　はい！」

「あ、ハイ」

クオンに叱られてしまった。そうか、俺も選ばなければいけないのか。

「フランって意外に裾の長い服装が多いから、タキシードは燕尾服《えんびふく》みたいな裾の長いのがいいかもね」

「そういうのが、いい？」

「えっと、まあ、私もフランならなんでも似合うと思うケド……純白の手袋で裾の長めな燕尾服のフランは、足の長さとか強調されててカッコいいと思うのよね～」

俺はラナが望むならどんなものでも着ます。なんでも着ますので、自由にしてください。

「それでですね、結婚式の日取りなんですけれど、エラーナ姉さんとユーフランお兄さんの結婚式は偉い方もお呼びすることになると思うので、貴族の方が出席できるような大きなものとわたしたちが気軽に出席できるような、こじんまりとした結婚式の２回やったらどうかと思いまして」

「「え、ええ⁉」」

ニコニコと人差し指を立てて、ウキウキしたクラナがとんでもないことを言ってきた。俺とラナはびっくりしたが、クラナはクオンの隣にあった紙袋から、なにやら片手では収まらない量の冊子を取り出してテーブルにドサドサと置く。え、なに、これ。やばあ……？

「ク、クラナ？　なに？　これ」

「たまにパン屋のお手伝いに行くじゃないですか？　その時にレグルス姉さんのところで結婚式のノウハウが書かれた本を読んで、勉強したんです！　アメリーが見つけて持ってきてくれて……」

「けっこんしき！」

意外なことに俺とラナとファーラが『青竜アルセジオス』や『黄竜メシレジンス』に行っている間、アメリーはクオンやシータルやニータンにくっついて町に行く時、レグルス商会に預けられてそこで本を読んだりすることがあったそうだ。勉強にはまったく興味がないと思っていたが、アメリーはクラナがダージスと結婚する話を聞いて「けっこんしき、あたしたちでゴウカなのをやろう」と考えたらしい。

キリッと凛々《りり》しい顔で本を真剣に読み始め、仕事中のニータンに分からないところを聞きながら俺たちが留守中にかなり勉強を頑張ったみたいだ。

俺たちが渡したお金で服や靴も買ったりしたが、結婚に関する本を買い集め始めたらしい。

結婚というか、アメリーが興味あるのは『結婚式』なんだって。

結婚式の流れや、平民と貴族の結婚式の違い。他国の結婚式についての本も取り寄せて自分の部屋に集めているそうだ。まあ、まだ理解できない内容もあるそうで、そういうのを勉強したいという。分からないから調べるために関連本を購入するが、その本にも知らないものが出てきてまた別の関連本を購入して知らない言葉を知って――と繰り返しているらしい。

いい傾向だが、大好きなクラナのために幼いアメリーが結婚式のプランを考えて、書いてきたんだそう。

そして、俺とラナの結婚式のことも――。

え、なんか、もう……あ、あのアメリーが……。

「まずね、『青竜アルセジオス』のきぞくのけっこんしきはお嫁さんがお嫁さんのお父さんとバージンロード歩くの！　ダンナさんのところにお嫁さんをハイってするの。それから一生一緒にいます、って約束するんだ。約束したら約束のチューをするんだよ」

「「「チュー!!」」」

クオンとやんちゃ坊主たちが声を上げる。チュー、キスね。うん。そうね。するね。結婚式は。人前で、ラナとキス……え、考えただけで吐きそう。

「『緑竜セルジジオス』のけっこんしきはお父さんとお母さんがダンナさんになる人をお嫁さんの隣に連れていって、お嫁さんはお嫁さんのお父さんとお母さんと一緒にいるの。それで、ダンナさんになる人はお嫁さんのお父さんとお母さんにお嫁さんを幸せにするって誓うんだよ！で、チューするの！」

「ご両親の目の前で!?」

「そう～！　それでもう逃げられないんだって～」

笑顔で言い放つアメリー。満面の笑みでとんでもないことをおっしゃっておられませんかね？

ご、ご両親が真後ろにいる状態でキス……!?　想像しただけでガタガタ体が震え始めた。ラナの、ご両親……さ、宰相《さいしょう》様の、目の前で……⁉　動悸《どうき》と呼吸がおかしい。『緑竜セルジジオス』の結婚式、圧がヤバすぎない⁉　俺の心臓もたないよ⁉

　でも確かにお互いのご両親の目の前で『必ず幸せにします』と宣言してキスをするなんて、逃げ場はない。元々あまり離縁《りえん》することはないけれど、『緑竜セルジジオス』の結婚式の圧マジで心臓がつらい。

「でも、カールレート様の結婚式にエリオーナ様のお家の人は来ないそうです。だから結婚プランがちょっと違うとか。あ、もしも素人の私たちだけでは不安なのでしたら、町の結婚式の仕切りが大好きなおば様に相談してみますか？」

　とクラナが首を傾げた時、ラナが「あ、そうか。結婚式のプランナーとか、いないのよね」と言葉を漏らした。

　あ、ラナの表情が一瞬で悪役令嬢の顔になった。

「企画書を作るわよ！」

「今度はなにを始めるんですか？」

「フ、フラン、なんで敬語⁉　へ、変なことじゃないわよ？　冠婚葬祭《かんこんそうさい》の代行業務を仕事にするのよ。そういうのって親戚とかそういうのに詳しい人が主導でやるんでしょ？　でもほら、やっぱり用意するのは大変でしょう？　そういうのを全部やってあげるのよ。ドレスやタキシードをレンタルしたり、仕立て屋と提携してオーダーメイドを受けつけたり、式場を確保して装飾品やお料理を用意するのよ」

俺が思わず敬語で聞くと、ラナはスラスラとすごいことを言い出した。結婚式や葬式は家ごとで仕切り人が場所を確保したり招待客を選んだり招待状を送ったり料理を注文したり、公証人に依頼したりする。それらを雑務全部ひっくるめて代行するってこと？　マジ？　すごいこと考えるね？

「え、なんかもうそれもレグルスにぶん投げるの？　さすがにきつくない？」

「大丈夫よ！　レグルスならお金の匂いで絶対釣れるわ！　頭の中に構想も固まっているし、絶対損させないわよ！」

そんなレグルスがまるでチョロいみたいな……。

「さ、さすがエラーナ姉さん……どんなところからも商売を考えつくなんて……！」

「エラーナお姉ちゃんの頭どうなってるの……？　す、すごすぎる」

「つまりエラーナお姉ちゃんとクラナの結婚でその新事業を広報するんだね⁉」

「え⁉　あ、う、う、うん！　そうね⁉」

さすがのラナもそこまでは考えていなかったのかな。クラナとクオンとファーラの先読みに若干しどろもどろ。

「フッ……そうと決まれば激安プラン、スタンダードプラン、貴族向けのグレードプランA、B、C、ゴージャスプラン、オーダーメイドプランを設定するところから始めるわよ！　まず、ゴージャスプランには気球で5分間の空の旅をお約束！　時間の延長は追加料金！」

「えええええ!?　き、気球で!?　気球に!?　の、乗れるんですか!?」

「すすすす、すごーい！」

「かっこいいいいい！」

「わあ～！　アメリーもさんせい～～～！」

ぴょんぴょんジャンプする女性陣。マジですごいこと始めてしまったよ、うちの奥さん。

即行でニータンが白紙のノートを持ってきて、ページにタイトルを入れていく。『激安プラン』『スタンダードプラン』『貴族向けグレードプランA』……など。書記かな？

「オーダーメイドプランというのはもうすべて自由にできるプランということですか？」

「そうそう。ドレスやタキシードは完全オーダーメイドで制作するからお値段とお時間はそれなりに頂くけれど、他のプランが上限招待人数１００人に対してそれ以上の人数を招待できたり、お料理の種類も選び放題。気球もオプションでつけられるわ！」

「なるほど。……では今のうちに、俺とファーラ嬢の結婚式を依頼させて頂いてもよろしいですか!?」

「ちょ、ちょっと気が早すぎるかな!?」

クールガン、お前はせめてファーラに婚約を申し込め。

「カールレート様は10月に式を挙げるつもりっておっしゃっていましたし、エラーナ姉さんたちは何月にしますか？」

とクラナがワクワクしながら手を叩く。そうか、まずは日取りを決めなければいけないのか。ラナの方をチラリと見ると急にスン……と真顔になったラナ。え、なに？　怖い。

「お父様って、絶対に忙しいわよね」

「あ、ああ、うん。絶対忙しいね」

「エリリエ姫にも絶対に結婚式に呼んでね、って言われているし、あまり直近にはできないわよね？　普通王族を結婚式に呼ぶのって、どのくらい前に連絡するべきなのかしら？」

「正直王族を結婚式に呼ぶっていうのがもうなんかあれなんだけれど」

「ま、まあ、そうねぇ」

普通に考えてありえないんだよ。ただの田舎男爵家の夫婦が他国の王族を結婚式に呼ぶっていうのが、もう。王族と、他国の高位貴族に予定を空けてもらうって……うん、とりあえずうちの奥さんマジ規格外。

「それでもお誘いするなら――最低限来年」

「そうよね!!」

基本的に王族の予定は1年の初めに他国へ行く日程を最優先に入れていく。主に他国の王族の誕生日パーティー。もしもガチでエリリエ姫を呼ぶなら今年中に来年の予定に組み込んで頂かねばならない。王族の誕生日をニータンが差し出した紙に書き込んでいく。まあ、アルベルト陛下は体が弱いので国外には行かないと思うけれど。

「この日付に被らないといいと思う。ラナとしては癪《しゃく》かもしれないけれど、アレファルドの誕生日に近いとまとまった日数が取れると思うし、6月がいいんじゃないかな」

と、言うと、ラナの顔がぼふっといきなり真っ赤に染まった。え？　アレファルドの名前を出したら絶対に不機嫌になると思ったのに、真逆の反応!?　な、なんで!?

「ラ、ラナ？」

「ジュ、ジューンブライド……アリ。むしろ超アリ」

「ラナ……？」

「あ、えーと……そう！　ちょ、ちょうどね？　キャッチコピーとして『6月の花嫁は幸せになれる！』みたいなのを、広報に入れようと思っていたの。ほら、あの、『竜の遠吠え』が来る前の駆け込み結婚にぴったりで、結婚してすぐに『竜の遠吠え』という困難に挑《いど》み、旦那は頼もしい面を新妻に見せることができるし乗り越えられれば絆が深まる！　……みたいな」

ああ……ラナの前世の世界にそういうのがあったんだね。ジューンブライド？　っていうのは、よく分からないけれど……あとで詳しく聞いてみようと思う。とりあえずラナが喜ぶようなものなのなら、いいのかな？

アレファルドの誕生日のことはまったく気にしていないっぽくて良かった。まあ、アレファルドは自分の誕生日、嫌いだと思うけれどね。なぜなら絶対に誕生日パーティーでクラーク王子にいじり倒される運命なので。

……俺もクラーク王子は苦手だけど、逃げ場がある分幸せだな、俺は。

アレファルド、頑張って。

「わあ、それは素敵ですね！　6月といえば『竜の遠吠え』に備えて慌ただしくて、憂鬱《ゆううつ》な時期ですもの。そこに『6月の花嫁は幸せになれる』と宣伝して集客するんですね！」

「そうそう！」

ラナのごまかしに目をキラキラさせるクラナ。なるほど〜、女の子ってそういうの好きなんだなぁ。……そして一切気にされていないアレファルドの誕生日。

「よーし！　私とフランの結婚式は来年の6月ね！　えっと、来年の6月の……アレファルドの誕生日がいつだったかしら？」

ラナ、アレファルドの誕生日に興味がなさすぎではなかろうか。いや、アレファルドもラナの誕生日に興味がなかったからどっこいどっこいなのか？　……なんで婚約していたんだ？

いや、政略結婚だったのは知ってるけれど。

ラナは俺が書き出した誕生日一覧でアレファルドの誕生日を確認して、その前後がいいだろう、『青竜アルセジオス』から『緑竜セルジジオス』までの移動日数を考えて６月12日がいいのではないか、ということになった。

まあ、これだけ潤沢《じゅんたく》な時間があれば、王族を迎える準備ができるかもね。

「でも本当に大丈夫？　お迎えする場所やおもてなしする内容や、人員や警護もこっちで用意しなきゃいけないよ。王族２人分」

俺が改めて聞いてみると、ラナの顔色がよくない。ああ、絶対そこまで考えてなかったんだろうなぁ。

「けど、ラナの結婚式の話なら宰相様に相談したら人員は貸してもらえるんじゃないかな」

「そっか！」

他国の宰相様にお願いするのは心苦しいものがあるし、俺もラナも『青竜アルセジオス』の貴族籍は抜けているのでお門違《かど》いではあるんだが……そこは親子サービスということで。

「あと、王族を国内にお招きするなら滞在日数を『緑竜セルジジオス』のお城にも伝えておかないと。なにかあった時、俺たちのせいにされるよ」

「……そうだった。王族を迎えるって大事《おおごと》なんだった」

「そうだよ」

だからあんなに気軽に約束するべきではないのだ。正直本気で招待する気か？　って思ったけど。本気で招待するなら、金がもう底なしになくなるよ。

俺が王族を結婚式に招待した場合に必要なあれやそれやを紙に書き出して、それに必要な費用、人員、準備の過程を思いつく限り説明していくと、テンションの高かった女性陣から熱気が面白いほど引いていく。

なお、それに伴う通知先。

特にセルジジオス王家の他におじ様にももちろん相談しなければいけないし、東区の開発に頭を抱えているカールレート兄さんとクーロウさんにも「来年結婚式に『黄竜メシレジンス』の王太子夫婦をお呼びしたい」と言わなければならない。

それでなくても東区の開発費に頭を抱えているのに、来年王族をお迎えする準備もコツコツしていかねばならないと思うとゾッとするだろう。

その費用は俺とラナが出すとはいえ、警備やその他の人員を『青竜アルセジオス』公爵家からお借りする、というのもストレスで胃に穴開かない？　って心配になるよ。

その辺もつらつらと説明すると、費用の時点でラナの顔色が青く半笑い。

説明すれば理解してくれるのでありがたいけれど、こうなる前に気づいてくれるのが一番助かる。

「――っていう感じで、個人的に今からでも結婚式の日取りを伝えて、お手紙だけでも頂けますと光栄です、みたいなので十分な気がするんですけど」

トワ様でちょっと感覚がずれているんだろうけれど、王族を公式に招待するっていうのはこういうことなんだ。トワ様がうちに来るのがおかしなことなんだということを、思い出して欲しい。切に。

「それもそうね……！　エリリエ姫には素直にお招きする負担が田舎男爵家風情《ふぜい》では大きすぎる、と言ってお手紙をお願いするわ！」

「うん、あの……でも普段のノリで素直に書くとエリリエ姫もクラーク王子も『そのくらいこちらでやるし、費用も出すよ』って言い出しそうだから、『結婚式の日取りは6月12日に決まりました。ただ、その日はアレファルド陛下のお誕生日に近いので、日程的にどうぞアレファルド陛下へのお祝いを優先して頂き、わたくしどもへはお祝いのお言葉を一言頂けますと光栄に存じます』ってやんわり来るのをお断りするといいかも」

「それだぁ！」

ラナ的には「ついでに来てもらえれば～」みたいなノリではあったが、こっちの負担を思うとついでお招きするにはちょっと、色々、ね？

なのでここはアレファルドを上手く盾《たて》に使おう。ありがとう、アレファルド。お前の犠牲は忘れない。1時間くらいは覚えておく。

「確かにクラーク王子とか金に糸目をつけないし自由に勝手に動き回りそうだから、釘を刺しておくのがいいわよね。アレファルドを使って」

「そうそう」

ラナもだいぶ分かってきたねぇ。こういう時のアレファルドだよ。

「エリリエ姫に会いたいけど……こんなにお金かかるんだね……」

「そうね。私もまた会いたかったけど……。あ、でも、秋頃にエリリエ姫とクラーク王子の結婚式に招待してくださるって言ってたし、その時にまた会ってお話しすればいいんじゃない？」

「そっか！」

ああ、そんな話もしてたね。その時にしっかり「お手紙に一言メッセージだけ頂ければ大丈夫です！」って本人たちにも釘を刺してこなければ。言葉を交わすのはラナとファーラだろうから、2人にしっかり頼んでおかないと。ノリでまた軽く約束されると大変。

費用とか準備の話をしたら軽いノリで「こっちで費用出すし準備もやるよ」って言われるから、そっちがその気ならクラリエ卿も巻き込んで全力でやめさせなければ。

その「こっちで費用出すし準備もやるよ」で、振り回されるのは『黄竜メシレジンス』の下っ端貴族たちなのだから……！

思い出すよね、アレファルドと3馬鹿に振り回されていた頃の自分を――！

「あ……っていうことはドレス仕立てておかなきゃマズイ……。ファーラの分も」

「そうだ」

自分たちの結婚式は準備に時間があるが、『黄竜メシレジンス』のエリリエ姫とクラーク王子の結婚式に招待される可能性がまあまあ間違いないので、ラナとファーラのドレスを新調しておかねばならない。

ファーラ、背も伸びたし。俺は使い回しでもバレないだろうけれど。

「エリリエ姫にもらったドレスじゃダメなの？」

「まだ着られると思うけれど、あのドレスはデザインが夜会向けなのよ。どちらにしても手直ししなきゃ」

「え？」

首を傾げるファーラに、俺が「みんなここ1年でそれなりに身長伸びたでしょ？」と言うと全員が各々の顔を見回す。

ガリガリに痩せていたが最近はふっくらしてきたし、背も伸びている。

如実にチーズを食べすぎて太ったシータルに視線が集まり、全員が「確かに……」と納得したのは複雑なものがある。

「結婚式に着るのなら確かにエリリエ姫にもらったドレスより、色の薄いものの方がいいかもね。柄が少し派手《はで》だし、素材が……ね」

「そうよね」

そう、俺たちが『聖落鱗祭』でエリリエ姫に頂いた礼服には、エリリエ姫がティム・ルコーとの結婚式で着る予定だった花嫁衣装の生地が使用されている……疑惑があるのだ。

なぜなら『紫竜ディバルディオス』の王族が婚姻《こんいん》の時などに着る正装の生地だったので。わざわざ染めた感じだったし。

それをクラーク王子とエリリエ姫の結婚式の時に着る……のは、なんか……ねぇ？　人としてちょっと……。

「エリリエ姫がその日1日世界一綺麗なのは間違いないのだから、私たちはその添え物としてエリリエ姫が誰よりも輝けるような引き立て役を完璧にこなしてみせるわよ！」

「「おー！」」

「その意気込みは、それで正しいの？」

ラナとファーラが拳を振り上げる。それに対してクオンがなんとも言えない表情でツッコミを入れるが、それは本当にそう。

「その時はぜひ俺をファーラ嬢のエスコート役として同行させてください！」

と、ファーラに近づいて自己主張するクールガンに、ファーラが顔を赤くしてあわあわと焦っていると、クオンが肘《ひじ》で脇腹《わきばら》を突きながら「どうするの」と言う。

平民には分かりづらいだろうけれど、エスコートのパートナーとして同行させるというのは婚約者、として周囲にアピールすることになる。

クールガン、着実に外堀を埋めてきているな……。我が弟ながら恐ろしい。

でも、結婚式のために『黄竜メシレジンス』に行くのであれば、ファーラの護衛としてクールガンを連れていくのは悪くはない手ではあるんだよな。

なんか、クラリエ卿が「孫を紹介しようと思っていた」とか言ってたから。

「えっと、でも、クールガンくんはお仕事してるから……」

「そんなものルース兄さまに任せますし！」

ま、アレファルドたちとルースは相性悪そうだけど、年齢的にもルースの方がいいからね。

少なくとも３馬鹿が束になっても敵わないだろ。

ルースはあれで人望がある。明るいからね。好きな子に素直になれないだけで。

人望がない３馬鹿に比べたら、アレファルドは側近を総入れ替えすることも選択肢に入れなければならないだろうなぁ。

っていうか、アレファルドがあんなに頑張っているのに未だ3馬鹿の「少しマシになった」という話が聞こえないので、本格的に考えた方がいいぞ、アレファルド……。

「クールガン」

「は、はい？」

「ファーラは平民思想なんだから、貴族っぽい詰め方はまだ早いんじゃない？」

個人的にはクールガンを応援したい。だってクールガンのお兄ちゃんだもの。でも、ここでクールガンの味方をして、ファーラに「そうしてもらいなよ」と言うと、それはファーラの気持ちを無視することになりそうで気が引ける。

貴族の子どもならこの歳で婚約者がいるのは普通だけれど、平民はそうではない。クールガンがグイグイくるので、意識はしているだろうけれど、だから将来結婚しよう、っていうのは話が早い。もう少し焦らずじっくり距離を詰めていく方がいいと思う。

「しつこいと嫌われるよ、きっと」

「嫌われる⁉　そ、それは……」

「まあ、ファーラが行く先々で婚約を申し込まれるようになるのは、『聖なる輝き』を持つ者だから仕方ない。年齢が上がればもっとそういう声が増えると思う。あんまりウザったくなる前に、もう婚約者がいます、って主張するといいんじゃないかなぁ、とは思うけれど」

そう言うと、なにか心当たりがあったのかファーラは考え込む。

クールガンのことを防波堤《ぼうはてい》に使うのは、アリなんじゃないかな。まあ、本人の考え方によっては防波堤っていうのが引っかかるかもしれないけれど。

「う、う、うーーーん……っ……ううん！　あたし、クールガンくんに迷惑かけるかもしれないから、エスコートしなくていい！」

「ガーーーン！」

なかなか悩んだけれど、ファーラはクールガンをお断りした。クオンが意外そうな表情で「え、いいの？」と覗き込む。ファーラはそれに対して「いいの。だって、あたし貴族じゃないし」と顔を背ける。幼い頃から婚約して成人18歳で結婚するのが一般的な貴族の常識を、ファーラとしてはまだ受け入れ難いのかもしれない。やはりまだ貴族社会はファーラにとっては非日常なんだろうなぁ。

この認識は貴族学園に通うようになったら結構変わるだろうし、その頃にファーラがクールガン以外の男子生徒が気になったら、まあ、それはそれで、だろう。

「そういえばクラナの結婚式の進捗はどんな感じなの？　カールレートさんも秋口に結婚式するんでしょう？」

「あ、はい。でも、なんだか今は東区の開発であちこち走り回っているみたいで、会えていなくて……結婚式の話はあんまり進んでいなくって」

「「あ〜〜〜」」

と、俺とラナの声が重なる。東区の開発はものすごく忙しい。ダージスが半泣きで働いているのを知っているのでクラナが気を使ってくれているのが分かる。優しい、いい子だよ、本当に。でも、俺も働きまくって忙しそうなラナを見ていると心配だもん。

結婚式の話が進んでいないのは子どもらもモヤモヤしちゃっているんだろうな。

やんちゃ坊主どもはブーブーしているけど、お仕事だから仕方ないんだよ。

「今踏ん張れば開発が進んだあと、かなりいい立場が確約されるからなぁ。クラナを楽させるためにも今が頑張り時なんだと思うよ」

「え、そうなんだ？」

「んー、でも結婚式のこと全然決まらないのダメじゃねー？」

「そーだよねぇ！」

哀れなり、ダージス。でも、そうだな……それだったら——。

「東区の打ち合わせ用簡易店舗の方に、クラナが出張に来てくれたらいいんじゃない？」

「あ、それはいい考えね。サンドイッチとか、軽食の配達してくれると助かるかも。ダージスも喜ぶだろうし」

「うん。人目のあるところで話してもらった方が誤解も少ないだろうしね」

(あ、これはフランがいいこと考えてない時の顔だわ)

ダージスの奴、忙しいのは分かるがクラナを不安にさせていい理由にはならないだろう。

俺を含めた目の前で、しっかりクラナを幸せにするプランを考えているところを晒《さら》してもらおうじゃあないか。

あとお前の母親レージェさんとクラナの意識のすり合わせも人のいるところでやって、世間一般とのすり合わせをしろ！

「まあ、ひとまず私もクラナも結婚式でやりたいことを、リストアップしておいたらいいんじゃない？　もちろん、ダージスにもやりたいことを聞いておくのよ。って言ってもピンとこないだろうから——だからこそのプランニングよ」

ニコォ……と、いうラナの悪役令嬢顔。怖い。だがそれが可愛い。

っていうか、なんの話と思ったら、さっきの代行の話に戻ったらしい。ニータンに白紙をテーブルに並べさせ、すでにタイトル入りなのを絶賛したあと『プラン』を書き出していく。

そしてクラナに「ダージスにこれを見せて、この中から選んでもらうといいわ。クラナのやりたいことも合わせて、こっちの紙に書き出してね」と別な紙を手渡していた。なるほどなぁ、代行だからこそできるフットワークの軽さというべきか。

貴族の家ごとでなにかしらの仕来りがある場合もあるから、そういう場合は『オーダーメイドプラン』で臨機応変《りんきおうへん》に対応すればいい。

それ以外のこだわりや仕来りに縛られていない貴族には、貴族向けプラン。もっとこだわりのない平民には、『スタンダードプラン』っていうわけか。

元々決まっているプランの中から選んで、他のやりたいことはオプションで追加できる。自由度が高く、女性の結婚式への熱意も満たせるし、特別感もある。……やはり天才か。

「はい、フランもよ」

「え、あ。……はい」

「私たちも私たちだけの式、頑張って成功させましょうね」

「……うん」

ラナが楽しそうだし、準備期間も長いし、じっくり検討するとしますか。

5章　赤い瞳

8月3日、早朝。

普段通りの朝のはずなのに、畜舎の動物たちを放牧しようとしたらなんか赤い髪、赤い外套《がいとう》を纏《まと》った人間が通路に落ちていた。見た感じ10代前半。完全なうつ伏せで、男か女か分からない。髪は肩よりも長く、薄汚れているのに汚れが気にならないほどの美しい真紅《しんく》。毛先がクルクル。腰にでかめのナイフ。

……なにこれ？

顔を上げてルーシィに説明を求める。

うんうん、なるほど。こいつから敵意はなかったから放置した、と。

ルーシィが大丈夫と思うなら大丈夫なのかな？

でもちょっと意味が分からないので爪先でツンツンと鳩尾《みぞおち》をつつく。

「う、ううう……あ、イタ！」

「ねえ、お前なに？」

「え？　あー」

起き上がった。上半身だけ。そしてあくびとは。

かなり大きめな暗紅色《あんこうしょく》の猫目。顔は整っているが、顔も服もやはり小汚い。まあ、畜舎の通路で寝てればそりゃ汚れるだろうけれど。やっぱり男か女か分からないガキだな？

「この家の人ォ？」

「そう。正確にはここ、うちの飼っている家畜の家だけどね。で、お前はなに？」

「オレはレイ。冒険者だよォ」

「え……あ、へえ……」

一瞬、驚いた。

冒険者——戦闘慣れした旅人のこと。定住地を持たず、賞金首を狩ったり行商人の護衛をしたり、商人の依頼したものをどんな危険地帯でも取りに行ったりするのだ。1つの場所に留まれないことから、冒険者は『加護なし』ではないか——と、言われている。

冒険者、ねぇ。本物初めて見たわ。へえ……？　でも、思っていた以上に……若いな？

「もしかして『加護なし』？」

聞いたあと「ヤベ」と思ってしまった。世間一般で『加護なし』は忌避されるもの。初対面で出会って10秒弱でこの質問は不愉快だったかな？

「うん、そう！　なんで分かったのォ？」

「ッ⁉」

あっさりと認められてしまった。胡坐《あぐら》をかいたまま座った状態で、にぱーと笑いながら肯定されてしまう。か、軽。

「なんでここで寝てたの？」

「ああ、ごめんよォ。最近暑くって、夜の涼しい時間にウロウロしていたんだァ。そしたらここから涼しい風が出ててさァ～。気づいたらふらふらと……」

「……なるほどね」

今年の夏は、例年よりも暑い。野宿《のじゅく》もキツイだろうけれど……先日畜舎天井の梁《はり》に取りつけたエアコン。これから出ている冷風が外に漏れていたんだろう。で、この冷風に釣られて――いや、だからって畜舎に入ってくるか？　畜舎の通路で寝るか？　色々、すごすぎない？　神経的なものが。

「メェ～～～」

「ああ、泊めてくれてアリガトねェ？」

「メエ、メエ～～」

「メエーーー」

うちの山羊と羊たちがレイと名乗った少年の頭でもぐもぐと口を動かす。ルーシィも藁をもぐもぐ。なるほど、この男、悪意はないらしい。少なくともルーシィが興味を持っていないし、警戒心の強い山羊たちが自分から絡んでいくのだ。

確かに俺も害意は感じないんだけれど……アルベルト陛下から『開発中のこの付近は、つけ込みやすくもあるだろう。もう入り込んでいるかもしれない、というのも含めて、あまり気を抜かないように』と忠告された直後だから、さすがにこの身元不明者の取り扱いは慎重にならざるを得ないよねぇ。

「歳は？」

「え？　えーと、多分……13か、14、かなァ？」

「なんで年齢に自信がないの？」

「えっとねェ、オレ、どこかの森で竜狼《りゅうろう》に育ててもらってたんだァ。で、冒険者の父さんに拾ってもらったんだってェ」

これには返しに困った。『加護なし』なら生まれてすぐにどこぞの森に捨てられたんだろうと、容易に想像がつく。ああ、胸糞《むなくそ》が悪い。そういう人間は運よく生き延びても裏の世界で生きていくしかない。確かに言葉のニュアンスが聞いたことない。

どちらかというと──『黄竜メシレジンス』で会ったシロエみたいな……。

それに竜狼の生態を思うと、ありえない話でもない。人間の赤ん坊を育てる事例が結構あるのだ。うちの動物たちが懐いているのも気になるし……ひとまず保留でもいいかもしれないな。

「そのお父さんは？　一緒にいないの？」

「えっと……探してる」

「んん？　探してる？　どこかに行っちゃったの？」

「そう。起きたら、いなくなってて……去年の、『竜の遠吠え』のあと。だから、半分くらいは、諦《あきら》めてるんだけど……」

目を閉じる。子どもが、そういう話をするのを見るのは……キツイ。作り話かもしれないけれど、それでもキツイもんはキツイ。しかも『加護なし』の子どもがたった1人で生きていくには、世界は優しくない。いくらサバイバル慣れしているだろうと、それは――。

「ぐーーーー」

「……………」

しかもこのタイミングで腹を鳴らすとか。見下ろすと「えへ」と笑う。

「近くの森でしばらくお世話になると思うけど、許してねェ？」

「え、森に行く気？」

「うん。ダメ？」

「う、うーん……」

飯をタカってこないのはいいことなんだろうけれど、うちの近所の森ってかなり猛獣が多いんだよなぁ……。大きめのナイフ1本っていうのは、ちょっと心配。

パチン、と指を鳴らす。いいこと考えた。

「冒険者なら、ちょっと護衛として雇われない？　報酬《ほうしゅう》は払うから」

「お仕事ォ⁉　嬉しい！　やるやる！　なんでもやる！」

冒険者はよほど信用がないと仕事をもらえない。行商人の護衛は冒険者にとっては憧れだろう。わーい、と両手を上げて立ち上がった。レイの腹からぐうううぅぅ……という腹の音。

「仕事の話をするのに腹の音が響いているのは気になるし、まずは朝食……の、前にその汚れた体では家の中でゆっくり話もできないし、ここから橋を渡って東の方に行くと天然の温泉があるからそこで体と服の汚れを洗い流しておいで」

「温泉があるのォ⁉　わ、わ、い、行ってきます！」

「うん。ああ、そうそう、俺の名前はユーフラン。このあと近くの児童養護施設から、子どもたちが家畜と畑の世話をしに来るから、温泉から上がったらその子たちに俺の居所《いどころ》を聞いて」

「うん、分かったァ！」

元気よく返事をして、スキップしながら橋の方に駆けていく。無邪気。

「ブウウン」

「甘い？　そう思うけど、子どもがお腹空かして汚れてるとちょっと、ね。ルースと歳も変わらないし」

「フゥウン」

家畜たちを放牧場に出してから、自宅に戻ってラナに「変なのが落ちていたから、朝食1人分増やしてもらってもいい？」と頼むと、首を傾げられる。まあ、それはそうだよね。俺の説明が雑《ざつ》すぎるもんね。申し訳ないので「14歳の子どもの冒険者が、畜舎に落ちてた」と説明し直すがラナは「は？」といった表情。

「えっと、意味がよく、分からないんだけれど……」

「うん、俺にもよく分からない。アルベルト陛下にも忠告されたばかりだから、身元の分からない人間を入れたくはないんだけれど……『加護なし』の子どもの冒険者だったから、ファーラの護衛にちょうどいいかなぁ、なんて……」

「『加護なし』……。そう、それじゃあ……そうね。ファーラの気持ちもあるけれど、話くらいはしてあげましょうか」

「男ですか？」

「…………うん」

「反対ですー！」

クールガンならそう言うと思った。

いや、でもさぁ、今の状況だとファーラの護衛がジャウだけなんだよ。『聖なる輝き』を持つ者が護衛もなしにふらふら出歩くなんて、本来ではありえない。

クラリエ卿ぐらい腕が立つならともかく、ファーラは普通の女の子だし俺もクールガンもいつも一緒にいられるわけではないし。

国外に行った時、俺が一緒にいられない間にファーラやラナの護衛がいないことで、割と困ったことも多いのだ。

あのレイが信用に足る冒険者なら、ファーラの専属護衛にちょうどいい。年齢を考えると裏の人間であっても足を洗える。

なんて……色々言ったとしてもクールガンには関係ない。

「だって、14って……14って……！　冒険者で、平民で『加護なし』で男って……！」

「うん……分かってる……言いたいことはよく分かっている……」

ファーラの歳から考えて、いつも守ってくれるちょっと年上の男の子とか、うん、そうだね。好きになっちゃうかもね。クールガンは『青竜アルセジオス』に帰らなきゃいけないもん、不安だよね。

「まあ！　でも、ファーラの好みではないかも、しれないし！」

「若干の間があったんですが!?」

うんまあ、それなりに顔の整っている男の子だったから。

「待って、今その子は温泉に行っているのよね？　もうすぐファーラたちが来る時間だし、クールガン、男女の仲になるかどうかは出会いが大きいわよ！　ここはいっちょ出鼻《でばな》を挫《くじ》いてやるのよ！　第一印象をガッツリこっちのモンにするの！」

「な、なるほど！」

ラナはクールガンが〝おし〟だったみたいだもんね。ラナが俺の弟を応援しているのは嬉しい。意気込んだラナがクールガンとサンドイッチをカフェの方に運び、そのまま表に出た。

ちょうどそのタイミングで子どもたちが出勤してきた。

俺が放牧場に家畜たちを出している間、子どもたちが畜舎の掃除や畑の世話をして、クールガンがファーラのところに走っていく。

「おはようございます！」

「わ、わあ……!?　お、おはよう、クールガンくん。ど、どうしたの？」

いきなり出ていって、急に手を握り締めたらそりゃあびっくりされる。ファーラが満更ではなさそうなのが救いだろうか。

「おはようございます、エラーナ姉さん、ユーフランお兄さん。あの、クールガンくんどうかしたんですか？　朝からものすごく気合が入っていますね……？」

「おはよう、クラナ。実はクールガンに新たな強力ライバル登場の予感なのよ！」

「ええ……!?」

拳を力強く握って叫んだラナに、クラナが大げさに驚く。ああ、茶番始まったなコレ。

「私もまだ会ってないんだけれど、フランはその子のことファーラの専属護衛にしたいらしいのよ」

「せ、専属護衛!?　まさか、男の子ですか!?」

「らしいわ。しかも、『加護なし』らしいの」

「『加護なし』の男の子!?　そ、それは……！」

わざとらしく大声で言って、ラナとクラナがファーラの方を振り返る。２人の会話を聞いていた他の子どもらも「え、『加護なし』の男の子でファーラの専属護衛？」と視線が一気に集中する。ああ、うん。わざとらしく、ではなくわざとだなぁ。

「どういうこと!?　ファーラに『加護なし』の男の子の専属護衛がつくんですか!?　それってクールガンくんのことじゃないんですよね!?」

と、生き生き最高の笑顔で駆け寄って聞き返すクオン。めっちゃくっちゃ楽しそうでいらっしゃる。

「『加護なし』の男の子でファーラの専属護衛って、うちに新しく住むってこと⁉　どんな奴⁉」

「何歳⁉　年下⁉　つえぇの⁉」

やんちゃ坊主たちも食いついた。意外。あんまり興味示されないと思った。

「信用できそうなの？」

初期の警戒心丸出しニータンが復活している。お前のそういうところが安心だよ、ニータン。

「そうね、どんな子なの？　ねえねえ、フラン」

あれ？　なんか一番ワクワク楽しそうにしておられませんか、エラーナさん。

「……小汚い冒険者のガキ。歳は13か14って言ってたね。はっきりとは分からないみたい」

「え？　なんで？」

「森に捨てられていたみたい。『加護なし』にはよくあることだね。冒険者の男に拾われて、冒険者の生き方を教わっていたんだって。でも、去年の『竜の遠吠え』の時にはぐれたって言ってたな。まあ、独り立ちしたてなんだろうね」

本人は〝父親〟とはぐれて、もう半分は諦めている、と言っていたが俺はこっちの線も濃厚だと思っている。冒険者はあまりつるんで生活しない。まだ詳しく聞いていないが、野生動物みたいに独り立ちを促すために痕跡《こんせき》を追いにくい『竜の遠吠え』の時に突然消えたんじゃないかな。血の繋がりもないし、『加護なし』だと仕事にも支障が出る。

13、14くらいまで育てたんだから義理は果たしてる、くらいの認識なのかもしれない。レイの〝お父さん〟がどんな人なのかは知らないけれど。
「冒険者ということはそれなりに腕が立つ、ということですね。確かにファーラ嬢の護衛に据えるのには、都合がいい。金でなんとでもなりますもんね。でも俺の方が強かったら追い出していいですよね？」

「出てる出てる、『青竜の爪』全部出てる危ない！『青竜の爪』を使うのはズルだから反則負けにするよ」

「ぐっ……！分かりました、『青竜の爪』は使わないです」

どっ……どんな集中力してるんだよ……『青竜の爪』を『青竜アルセジオス』から離れた牧場で全部出すとか！いくら『青竜アルセジオス』がリファナ嬢のおかげで力が増しているといっても、俺は牧場の方まで来ると爪1本ギリギリ出すのが限界だったんだけど？やっぱクールガンは天才だわ。うちの弟が優秀すぎてヤバすぎる。

「あ！さっきのオニーサーン!!」

森の方から大手《おおで》を振って走ってくる派手な赤。周辺が緑だから、目立ちすぎってくらい目立つんだけど……ん？あれ？なんか…………。

「ねえ、フラン、あの子……」

「クールガン、ファーラとアメリー連れてきて！　女子全員カフェの中に！　ラナ、クラナ、クオン早くカフェに入って！」

「え⁉　え⁉　え⁉　なになになになに⁉」

「は、はい！　え⁉　え⁉」

「なになになにー⁉」

ラナを始め、クールガンと畑の方にいたファーラとアメリーもカフェにほぼ力ずくで閉じ込める。頼むから窓からも見てくれるな、と祈りながらシャツを脱ぐ。

橋を渡って走ってきたレイは、外套以外の服を着ていないのだ。違う違う違う、外套着てるのになんでその下は完全になんにも着てないんだよぉぉぉぉ‼　しかももう片手で大きく手を振って走ってくるから、外套で隠れるはずの上半身も丸出し！

ああ、そういえば竜狼に育てられたって言ってたし、俺が服も綺麗にしてこいって言いましたね。言いましたよ、俺がね。

でもこうなるとは思わないだろううううう‼

「服は脱ぐな！　せめて下半身は！」

「ああん！」

ダッシュで近づいて、げんこつで脳天《のうてん》をぶん殴《なぐ》ってから俺のシャツを着せる。

この、この……！　こいつホント！　ラナの前っていうか、女の子がいっぱいいるところに全裸《ぜんら》で現れるところだった……!!

「おお、お兄さんのシャツデケェー！」

「他の服は!?　着替えは!?」

「森の川沿いのどっかに置いてきちゃったァ」

「よし、まず着替えを取りに行くぞ」

「なんで怒ってるのォ？」

「あとでお説教しながら教えてやるよ……!!」

「ひェ……？」


レイを森の中に連れていき、畜舎に来る前に野宿していた場所に案内させて着替えさせた。

持っていた服は先に着ていたものよりもボロ。デザインは違和感ないように修繕《しゅうぜん》されているけれど、生地自体が薄くなっている。

「防御力低くなってない？」

「でもお金ないから……」

「はあ……。まあ、仕方ないけど……お前に依頼したい護衛対象は女の子なんだ。全裸はもちろん、女の子の前で脱ぐのは厳禁！　熱湯《ねっとう》がかかったとか、身の危険がある時以外全裸で歩き回らないこと！」

「はーい」

深々溜息を吐き、頭をかく。これは……今後その都度《つど》常識を教えていく必要がありそうだな。多分これでもかなり常識を教わっていると思うけれど。

「じゃあ、牧場に戻るよ」

「はーい！」

ぐううううう……。と、また後ろでお腹が鳴っている。やっぱ先に飯だな。

牧場に戻り、カフェの中に入れると女子たちの視線が集まる。男子たちは外での作業を続けていてくれたけれど、俺がレイを連れてきたのを見て後ろをついてきた。まあ、紹介したかったからついてくるのは別にいいけれど……クールガンだけ殺気《さっき》が漏れてるんだよなぁ!!

「ごめんね、さっきは。とりあえずなにか食べさせてもらっていいかな？」

「は、はい。オムライスでもいいですか？」

「うん、なんでもいいよ」

ぐーぐー、と鳴りっぱなしのレイの腹。それを聞いて、全員が事態を理解してくれた。クラナが急いでオムライスを作ってテーブルに出すと、レイの顔面がキラキラに輝く。

「お、美味しそうー！　食べていいのォ!?」

「いいよ。どうせ衣食住保証で依頼するつもりだったし」

「ふぃふぉふふぃふょふぁへほ」

「うん、口の中にものを入れた状態で喋るんじゃない」

教えることが多すぎるかもしれない。でも顔を見る限り、ご飯が美味しいって言ってるね。良かったね。

「仕事してくるね」

「う、うん。この子はこのままでいいの？」

「とりあえずファーラの側にはクールガンがいるし……お腹いっぱい食べさせてあげて」

「分かったわ。ところで、さっきなにかあったの？」

「全裸で走ってきたから着替えを取りに行かせたの」

「ぜ、全裸……そうだったの……」

深く溜息を吐き、少し頭痛を感じながら畜舎掃除をしてくる。一緒に畜舎掃除していたやんちゃ坊主どもが「ねーねー、さっきのがファーラの護衛の人？」と聞いてきたので「そうだけど、想像以上に野生児《やせいじ》」と答えておく。

「お前らの方でも色々人間の常識を教えてあげな……」

「お、おお！」

「ま、任せろ！」

外仕事を終えて男子たちとカフェに入り朝食の時間。すでに食事を終えたらしいレイがアイスティーを差し出されて目を丸くしている。

「これはなにィ？　なんか透明で固そうなもの入ってるゥ」

「それは氷って言うんだぜ」

「水を冷凍庫で凍らせるとできるんだ！」

「こーり？」

「まあ、飲んでみろよ！　クラナが作るアイスティーは甘くて美味しいんだぜ」

「うん………つべたい⁉」

「そうだろーそうだろー、これが氷だぜ～」

さっき俺が頼んだからなのか。左右からシータルとアルがレイを挟み込み、ドヤ顔で色々教えている。面白いからいいか。

「レイって『加護なし』なのか？」

「そうだよォ。でも強いんだよォ、オレ」

「クールガンとどっちが強ぇかな？」

「クールガン？」

　誰、とカフェの中を見渡すレイ。話を振ったシータルがテーブルマナー完璧で食事をするクールガンの方を見る。

「貴族じゃん」

　身なりも仕草も一目でそれと分かるもんね。クールガンはレイを一瞥《いちべつ》。その目は「いつでも相手になるぞゴルァ」と言わんばかり。無表情なのがまだ貴族としての尊厳を保っている感じというか。

「あー。めっちゃ強いねェ。どうだろう？　あの子と戦ってみないと分かんないけど、負ける気もしない」

「へえ……」

　クールガンもレイの立ち方、重心の置き方でそれなりの実力者なのは分かったんだろう。威圧で牽制しているけれど、レイには通じていなさそう。で、ファーラの方は困惑顔。

　でも、この野生児っぷりを見るとファーラの好みではないような気がするんだよね。だからクールガンが心配する必要はないような……。

「えーと、レイに頼みたいのはそっちの金髪の女の子。ファーラの護衛」

「あれ？　金の目だァ？　え？　もしかして『聖なる輝き』を持つ者？　うそー!?　本物!?」

「本物。だから護衛がずっと欲しかったの。今は俺の他に俺の弟のクールガンが側にいるんだけれど、クールガンは休みを利用して来ているだけだから、そのうち帰らないといけないんだよね」

「『聖なる輝き』を持つ者って、見つけたらその国の王都に保護されるんじゃないの？　なんでこんな国境沿いにいるのォ？」

「本人の意向だね。『聖なる輝き』を持つ者の自由は何人も侵してはならない」

「そうなんだァ……」

ファーラのことを説明して、ひとまずファーラが貴族学園に通う年齢——12歳くらいまで護衛をして欲しい。相性がよければ、学園の方まで護衛を引き続きやってもらえればと思うけれど。と、いっても来年の話だよね。早いもんだ。

そこまで言うと「貴族の学校に行くのは不安だなァ」と言うので、「その気があるなら教養も叩き込むけど、どっちがいい？」と聞いてみる。

レイは難しい表情。話自体は破格なはずなんだけれど、冒険者は定住地を持つのを好まない性質。レイ本人がどうかは分からないが、冒険者の中には給金をもらってとんずらこく奴もいるらしい。

「ちなみに報酬はいくら？」

「衣食住込み、月銀貨1枚でどう？」

「衣食住込みで⁉　月で⁉」

「なお、マナーや言葉使い、文字の読み書きの練習、乗馬訓練をするなら習得次第で銅貨50枚増やす」

「うぐ‼」

普通の冒険者は平均1回の護衛で銅貨80枚から銀貨1枚。一応命懸《いのちが》けなので、1回の護衛任務で平民の1カ月分より少し多いくらいの報酬を出すのが常識。

その中で衣食住アリとはいえつきっきりの護衛ならこのくらいでいいんじゃないかな？

勉強するなら追加で出してもいい。本人にとってはお金をもらってやっと「やってもいいかも」っていうものみたいだし。普通は払って学ぶものだけれど。

「どうする？」

「……やる。勉強は……ちょっと考えたいけれど」

「まあ、そっちは追々《おいおい》でもいいよ。成果によっていくらか追加で出すのは検討するし」

「ちなみに怪我した時とかは——」

「治療費も負担するよ。後遺症が出た時は別途相談。武器も経費出す」

「住む場所っていうのは？」

「この近くにこの子たちが住んでいる養護施設がある。そこに空き部屋があるから、そこを一部屋使うといい。ベッドとタンスは最低保証ってことで買ってあげる。それ以外のものは自分で買いな。部屋の掃除は自分でやること。服の洗濯は、他の子たちにやってもらえるか頼んでごらん。その代わりやってもらった子にちゃんとお礼して」

「分かった」

「じゃあ契約書を作るから、午後まではファーラや子どもらと話をしてみて。気が合わないようなら、契約自体を考え直してもいいし」

「分かったァ」

素直に頷いたレイの様子に、クールガンはやっぱり不満そう。時間をあげたので、午前中に喧嘩《けんか》するなり殺し合うなり手合わせするなり好きにするがいい。

「えーと、じゃあ……本日から護衛の任務を請け負いました、冒険者のレイと申します。よろしくお願いいたします、お嬢」

「へ、ア、ぅ!?」

ファーラの前に来て跪《ひざまず》き、頭を下げるレイ。おや、と思った。礼儀作法はスゥリカ並みにできないのだとばかり思っていたが、意外にも最低限の挨拶《あいさつ》はできたらしい。……とてもさっき全裸で両手を振って疾走《しっそう》していたガキと同一人物とは思えない。

ファーラもその突然の紳士然とした様子に驚いたのか、変な声が出ている。

「あの、あの」

「専属護衛は必要だよ、ファーラ。俺やクールガンはハルジオンの貴族学園に通う時に、一緒に行ってあげられないからね。今から慣れておいた方がいい」

「ア、ぅ……」

レイの様子から、学園に通う時にもレイを護衛にするかどうかは分からないけれど、その時には別の護衛を雇わなければいけない。最悪ロザリー姫の方で用意してくれると思うけれど、できればあまり王家に頼りすぎない方がいいんだよね。

守る側もそうだが、守られる側もそれなりに守られる訓練が必要。ファーラは国外に行く機会も多いし、やっぱり今のうちに専属護衛が欲しい。

「ユーお兄さん、レイって人は本当に強いの？」

しかしここで警戒心マックスのニータンから突っ込みが入る。まあ、そう言うと思ったけれど。ニータンにジトっと睨まれたレイはドヤ顔で「オレは強いよォ！」と言うけれど、証明しないと納得はしないだろう。

「じゃあ、契約書ができるまでクールガンと手合わせでもしてみたら？」

面倒くさいから丸投げしよう。どうせ殺《や》る気満々の顔してるし。

「そうですね、殺りましょうか」

「わあ～!?　なんか殺意すごくない!?　殺気がマジのやつなんだけどォ!?」

「ファーラ嬢を守るのは俺の役目でありたいのに……なんでお前みたいなどこの馬の骨とも分からない奴に、任せなきゃいけないんですか？　俺に勝てないような奴に、任せるつもりはありませんよ！」

「試験みたいな感じ？　じゃあやるよォ！」

勝手にやってもらおう。


「めっちゃ強かった！」

「クールガンが強ェのは知ってたけど、レイもめっちゃ強かった！」

午後、昼ご飯を作っているとやんちゃ坊主どもがテンション高くカフェに入ってきた。

俺も窓から見ていたけれど、近接格闘から木剣《ぼっけん》、棒術もクールガンとほぼ互角。

13歳くらいのレイと体格差もものともせず戦えるクールガンをヤバいと思うべきか、そんなクールガンと戦えるレイがやっぱり強いと感心するべきか。しかも2人はお互いに怪我などさせず、実力だけを確かめ合っていたんだから末恐ろしい。

入ってきたレイとクールガンは真逆の表情。自分と戦える人間がいて嬉しいと言わんばかりのレイと、身内以外に自分とまともに戦える人間がいることがまだ信じがたいと言わんばかりのクールガン。見た限り、クールガンにはいい刺激になったように思う。世の中身内以外にも強い人間はごまんといるのだ。王太子で俺より強い『黄竜メシレジンス』のあの人とかね。

「アレー？　女の子とかニータンくんとかいない～？」

「クオンとファーラとニータンは今日も仕事だよ。このカフェは基本的にクラナとラナが交代で回してるし」

俺は本日東区の方はサボ……クラナが結婚式の話をする時間を得るために、お弁当をダージスに持っていってもらっているから、今日のカフェカウンター担当は俺です。ラナは自宅で小説執筆中なので。

アメリーはカフェ内でクラナの結婚式の段取り表——タイムスケジュールを制作中。シータルは今日チーズ屋さんが休みだったんだっけ。違和感なく一緒にいる。

「え？　あのォ、オレの護衛対象仕事に行っちゃってるの⁉　あの、あの、でもオレここにいるんだけどォ⁉」

「ああ、まだ契約書取り交わしてないしいいよ。でも契約書を取り交わしたあとは本格的に仕事開始だから、迎えに行って。明日からの動きはファーラの生活スタイルを覚えながら、どんな形がいいかファーラの希望も交えて話し合っていって欲しいかな」

「な、なるほど。了解です。あの、あの、でも、オニーサンはお嬢のお父さんとかお兄さんとかじゃないんだァ？」

「俺は保護者の1人って感じかな。ファーラもそうだけど、クールガン以外の子どもらは元々『赤竜三島ヘルディオス』の孤児なんだ。縁があってうちの側に養護施設を建てて、『緑竜セルジジオス』で暮らすことにしたんだよ。『赤竜三島ヘルディオス』は人間が生きていくのにかなりキツイ環境だから」

「へー、そうなんだァ」

と、レイはシータルとアルの方を見る。クールガンのことを「坊ちゃんは『青竜アルセジオス』の貴族様って言ってたねェ」と言っているので、その辺りの話はもしやほとんどしていないのだろうか？

「レイはスッゲー綺麗な赤髪と赤目だよな！『赤竜三島ヘルディオス』だったら族長の一族に迎えられるぞ！」

「うんうん、こんなに赤いの宗家《そうけ》にもいねーぞ！しかもめっちゃ強ぇーし！『赤竜三島ヘルディオス』だったらお前モテモテだって！」

「んえー？」

シータルとアルの言いたいことは分かるが、レイは『加護なし』だよ、と言うと2人はハッとしたような顔をする。守護竜至上主義なあの国で、『加護なし』は災《わざわ》いと言われて殺されるかもしれない。ファーラが『加護なし』だとバレなかったのは、竜石道具のない孤児院育ちだったから。

しかし、この2人がそこまで言うのだから『加護なし』なのは置いておくにしても、やっぱり『赤竜三島ヘルディオス』も髪と目の色で吉凶《きっきょう》を決めるのか。その観点からだとあまり髪色や瞳の色にこだわりがない『青竜アルセジオス』は、俺らみたいなのには暮らしやすい国なのかもなぁ？

クールガンも赤い毛先、灰色の髪。瞳も赤。俺も朱色《しゅいろ》の髪に赤い目なので、『青竜アルセジオス』ではちょっと珍しい。でも、色でなにか言われたことはないんだよね。

ま、ファーラの護衛をするのに赤髪赤目は逆に攻撃色として都合がいい。

迂闊《うかつ》に声をかけるのを躊躇うだろうし、シンプルに目立つんだもん。

「竜石職人学校と、この辺りで町といったら『エクシの町』。町には買い物に行くから、この2カ所はよく行く場所ってことで地理を覚えておいて」

「了解でーす。森の方も明日確認したいけど、行っちゃダメなところとかあるゥ？」

「んー。東区の方は開発中なんだけど、その近くに紅獅子の森があるからそっちには行かない方がいいかな。うちの近所の森には竜虎とファイターラビットが棲んでるから、このあと挨拶に行ってくればあとは大丈夫じゃない？」

「竜狼はいない？」

ちらりとレイの方を見る。ワクワクした表情。

「紅獅子の森にはいたね」

「ワー！　どの群れの子だろォー⁉　会ってみたーい！」

竜狼のコミュニティ——群れ。竜狼に育てられていた時期があると言っていたけれど、そういうことまで分かるのか。今のところ様子見ではあるけれど、素性《すじょう》に問題がなければマジでコイツ護衛としては最良物件だな。

「竜狼と話せるのか⁉」

「オレ、竜狼のフェイの群れで育ててもらったんだァ！　だから言ってること分かるよォ」

「「スゲー‼」」

ドヤ顔で胸を張るレイに尊敬の眼差しを向けるやんちゃ坊主ども。その後ろで険《けわ》しい表情になるクールガン。言いたいことは分かるけれどね。竜狼は身内以外にはとてつもなく警戒心の強い種だもん。

なお、超猛獣。賢さで言えば竜の血を継ぐ猛獣の中では紅獅子、竜猿と並ぶ。

身内に入れれば、同種の群れとも交流をする。レイならこの付近の群れと交流できるだろう。

竜虎は独り立ちすれば単独で暮らすため、発情期以外に同種との交流を行わない。でも、竜狼のコミュニティに入ることができればその情報網を使えるようになる。

自然の中にあるこの牧場と養護施設では、その情報網は絶対馬鹿にできない。竜狼の戦闘能力ももちろんだけど、その統率力と団結力は――脅威《きょうい》だ。

賢いからこそ討伐対象にはならないし、もしそれが討伐対象になれば師団1つで済まないだろう。なにせ、竜狼って飛ぶし。

そんな最強の猛獣種の一角と、レイは交流を持てるのだ。

『加護なし』だからといって、その特殊性は『聖なる輝き』を持つ者に引けを取らない。

正直、レイが東区に興味を持っている裏の関係者だったら、今のうちに手を切らせてコッチに引き込むのに全力を注ぐ。クールガンもそれを分かってしまったから、不本意ながら俺の考えに〝賛成〟してくれたんだろう。……すっごく不本意ながら。

「ま、竜狼に会いに行くのは生活を落ち着けてからでもいいんじゃない？　はい、契約書。文字読める？　読めないならシータルとアルで読んであげな。問題なければ署名欄にサインして」

「え、あ、う、うん。え？　シータルとアルも文字読めるのォ？」

「読めるぜ！　書くのは苦手だけど！」

「でも書けるぜ！」

「うぅそォ⁉　オレ自分の名前も書けないよォ」

「じゃあ、教えてやるよ！　レイの名前は難しくないからすぐ書けるようになるって！」

「うんうん！」

年下でいかにも文字の読み書きができなさそうなシータルとアルが読み書きできるっていうのは、まあ、びっくりするだろう。あえてシータルとアルにレイの契約書を読むように頼んだけれど、この反応が欲しかったんだよね〜。

シータルとアルは勉強嫌い。でも、上手く褒めれば幾分やる気を出す。だから〝先生役〟をやらせてみればいい。自分ができることを、他の人ができなければドヤる。

案《あん》の定《じょう》やる気を出したやんちゃ坊主どもはテーブルの方にレイを引っ張り、座らせてから2人がかりで契約書の内容を読み上げて、分かりやすく噛み砕いて説明していく。

これにはちょっと驚いた。あの2人、勉強は逃げ出すほど嫌いだったのに意外とできるもんだなぁ。

レイはシータルとアルに契約書内容を教えられて、うんうん、と理解したらしい。署名欄に「どう書けばいいの」と不安そうな表情をするのでシータルとアルがレイの名前を「こう書くんだよ」と教えている。レイは年下のシータルとアルに教わるのが屈辱的だったらしくて「むぐぐ……」という表情。

これであの2人がもう少し勉強にやる気を出してくれるといいんだけれどねぇ。

「こ、これでいい？」

「うん。大丈夫！　もう1枚書くんだよ。こっちはレイが持っている控えの契約書。これでレイとユーフラン兄ちゃんが契約を交わしました、ってことになるんだ」

「な、なるほどねェ。えっと、こ、こう？」

「そうそう」

2人の言う通りにするレイ。ちゃんと署名したのを見て、シータルが「ユーフラン兄ちゃん、これ！」と差し出してきた。ふむ……不備はないな。

「うん、これで契約成立。俺、またはファーラ、またはレイ自身が契約解消を望むまでは契約は継続。よろしくね」

「うん！」

……うん、言葉使いと態度は、コツコツ教えていくしかないな。『黄竜メシレジンス』のスウリカの時も思ったけれど、こういうのを教えていくのってつらいんだよなぁ……。

「じゃあ、やんちゃ坊主ども！　レイにこの辺りのことを教えてやってこい。あと、レイの部屋も決めておいで。ちゃんと部屋の掃除はするようにね。レイは明日服の替えやベッドとタンスを買いに行くから、部屋を見て決めて」

「へ、部屋……う、うん」

女子は2階、男子は3階。シータルとアルから「じゃあ、レイも3階の空き部屋に来いよー！」と誘われてまた手を引かれカフェから出ていく。まあ、レイの世話はあの2人に任せていいんだろう。クールガンがトコトコ、カウンター内の俺のところに歩いてくる。

「部屋、嬉しそうでしたね」

「嬉しそうだったねぇ。『加護なし』の冒険者は定住が絶望的だもん、自室なんて嬉しいんじゃない？」

「想定内だったんですか？　さ、さすがユーフランお兄さま……」

「まあ、ゆっくり懐柔《かいじゅう》しないといけないから、観察しながら飴《あめ》多めに、ね。クールガンは面白くないかもしれないけれど」

「う……。ま、まあ、実力は見せてもらいましたから。ファーラ嬢の気持ちを繋ぎ止めておくための努力は、俺がするべきことですから」

「――そうだね」

うちの弟は大人だなぁ。カウンター越しに手を出して、クールガンの頭をポンポンと軽く叩くように撫でる。なんの任務か分からないけれど、10歳になったばかりの弟が家族から離れてそろそろ2週間。

言ってくれれば手伝うのに、とも思うけれど、ベイリー家の者なら頑張って。

「お前なら大丈夫だと思うけれど、時間がかかりすぎて難しいんならいつでも手伝うから。その判断はお前に任せる」

「あ――う……」

複雑そうな顔しているなぁ。でも、その判断ができるかどうかも見られていると思う。クールガンならばできるだろうと、俺も信じている。

「わ、分かりました。無理そうでしたら、お願いします。でも、多分……もうすぐ見つかると思うので」

「ふーん、探しものなんだ？」

「うぐッ……!!　も、もう！　俺が自分でやり遂《と》げるので、大丈夫です！」

「はいはい」

なるほどなるほど、クールガンの任務は探しものなんだぁ？　この辺りで探すもの……アルベルト陛下のこともあるし、クールガンを動かすほどのもの――ファーラの好感度稼ぎもあるだろうけれど、『紫竜ディバルディオス』から盗まれた竜石道具……？　うーん、さすがに、まさか――か、なぁ？

そもそも、俺はその竜石道具がどんなものなのか、とかどんな組織が盗んだのか、とか知らないんだよなぁ。

「でも、専属護衛までつける必要が本当にあるんですかぁ？　ファーラ嬢は誰がどう見ても『聖なる輝き』を持つ者じゃないですか。それなのに、ファーラ嬢に危害を加えようとするなんて、そんな愚《おろ》か者いないと思うんですけど？」

「この辺猛獣も多いから」

「グッ、ウッ……!!　ううう……」

「俺が側にいない間の護衛も欲しかったしね。まあ、いろんな考え方の人間もいるし、悪意だけがストレスになるわけじゃない。『聖なる輝き』を持つ者のために国が傾きかけることもある、っていうのは見たばかりだろう？」

「それは……」

カウンターの席に座って、テーブルに突っ伏して唇を尖らせるクールガン。そこに自宅との通用口が開く。

「あ、ラナ。昼ご飯食べられそう？」

「一山越えたわ……！　1章書き終わったわよ！」

「おお～、おめでとう～。じゃあ、なにか美味しいもの作るね」

「うん！　はあああ～……1章だけなのに、疲労感半端ない～……フラン、甘やかして」

「へ、う……!?」

って、ラナがカウンターに突っ伏すクールガンに気づかず、後ろから抱きついてきた。ラ、ラ、ラナから、そんな、こ、ここ、腰にラナが……!! これが連日のハグ訓練の効果なのか!! でもちょっと、こ、これはあの、あの、あの、あのーーー!!

「褒めて～～～！」

「はい！ ……ラナがすごく頑張ってたの、知ってるよ。ラナ、1章書き終わったのお疲れ様。まだまだ冒頭部分だろうけれど、俺も読むの楽しみにしてるからこれからも頑張ってね」

「ふふふふふ～～～」

本当に疲れてるんだな。振り返って頬や頭を両手で撫でるととろけてしまった。

は、はあ、無理可愛すぎて無理。こんな可愛い生き物がこの世界に存在するなんて奇跡すぎる。俺は今、奇跡に遭遇しているんだ。世界に感謝すべきなのか、ラナが可愛すぎて俺の語彙《ごい》も死んだんだけど？

っていうか、頭あっつくない？ なんか撫でていると全体的にポカポカしている気がする。ラナの部屋にも小型のエアコンあるんだけどなぁ？

どうしよう、なんか、可愛いんだけどそれ以前に体調が心配になってきた。文字書くのって結構頭使うもんね……？

「冷たいものの方がいい？　頭熱くなってない？　大丈夫？」

「んー……軽いものとかき氷が食べたい、かも」

「ん、了解。カウンター席で待ってて」

「あ、う……うん」

おでこにキスをしてみる。んー、やっぱりちょっと熱くない？　午後は部屋で休んでもらった方がいいかも。食事は軽いものって言ってるし、パスタ麺《めん》を茹《ゆ》でてカットした野菜にハムとマヨネーズ、レモン汁、オリーブオイル、胡椒《こしょう》、クリームチーズを少々。バジルを数枚最後にパラッとかけてカウンターにフォークと共に差し出すと、ラナがカウンター席にクールガンがいたことに気がついたのか、真っ赤になって固まっていた。

あ……。

「か、かき氷はなんのシロップにする……？」

「あ……い、い、いちご……」

「了解」

なんかごめんなさい。

ラナは一山越えたのを祝って、食後は部屋でゴロゴロタイムを満喫するとのこと。なんとなく体調も心配だったので、ガッツリ休んで頂きたい。

懐中時計を眺めると、そろそろファーラを迎えに行く時間。

クラナとラナに一言言って養護施設の方にクールガンと様子を見に行った。庭という畑でレイがやんちゃ坊主どもに畑の世話の仕方を教わっていた。

おーい、勉強をしろぉ……。この暑い中、畑仕事してるんじゃないよ。

「あ、ユーフラン兄ちゃん！　レイの部屋、ニータンの部屋の隣になった！」

「今日はおいらの部屋に泊めてやるんだよー！」

「ああ、うん、そう」

ベッドは明日買って組み立てもしなきゃいけないし、まあ今夜は仕方ないね。っていうか、そうじゃなくてだな……。

「とりあえず、そろそろファーラを迎えに行く時間だから」

「え、もうそんな時間？」

「じゃあ、竜石職人学校までおれたちが案内してやるよ！」

「う、うん！」

シータルとアルが畑のことを教えていたレイの手を引っ張る。その表情が困惑の他に、喜びを帯びていて、存外やんちゃ坊主どもとの相性のよさに目を丸くした。門の方に走ってくる3

人と、竜石職人学校に歩き始める。

「で、いつもあの畑のお世話してから、牧場の仕事を手伝いに行くんだ！　牧場の仕事はさっき教えたやつ。そのあと朝ご飯！　クラナとエラーナ姉さんの作る飯、毎日サイコーに美味いんだぞ！　んで、『エクシの町』で仕事をしてるおれとクオンとニータンは行って仕事してくる。ファーラは町に行く途中の竜石職人学校で働いてるから、レイは——あ、ほら、見えてきた！　あそこが竜石職人学校！」

「え、デッカ！　思ってた以上にデカいんだけどォ!?」

「だろー」

しかし、驚くのはまだ早い。学校に近づくとレイは驚きの表情が戻らなくなっている。

それはそう。学校は倉庫数カ所が未完成。クーロウさんのところの副棟梁さんが部下数名と、引き続きのんびり建設を続けている。

校庭では気球の改良についてグライスさんや職人数名が話し合っているが、職人たちはダガン村から来た人たち。ほんの1年で、グライスさんと仕事の話ができるくらいになってるって思うとすごいよね。

校内に入るとレイの目の丸まり具合が面白可愛く見えてきた。レグルスとクーロウさんとお じ様、ラナがお金を出した肝いりの学校だから、内部も結構すごいんだよね。校舎の隣には寮もあるし。

「ファーラ」

「あ、お兄ちゃん！　もう帰る時間だっけ？」

「うん」

竜石核を刻む実習室の扉を開けると、ファーラが竜石核を持っているところだった。

なにか失敗したの、と核に刻まれた命令《エフェクト》を覗き込むと、思い切り無関係な線と線が繋がってしまっている。これで緑の竜石が赤く染まったらしい。すぐにファーラが抱えたので、爆発は免《まぬが》れたよう。

「これって他の人だと修正するの難しいみたいで、ユーフランさんなら修正できるんじゃないですか？」

「あー、俺待ちだったの？　ダル……」

「ユーお兄ちゃん……」

まあでもやらないとファーラがこの失敗作の竜石核を握りっぱなしになってしまうから、やりますよ、修正。面倒くさいけれど、竜筆《りゅうひつ》を手にしてファーラの手のひらの線を消して本来のところに繋げる。これは冷凍庫の竜石核か。

冷蔵庫と冷凍庫は、飲食店からの発注が追いつかないことになっている。なので2階と3階の実習室は冷蔵庫と冷凍庫専用にして、５割の生徒が核作りを行っているわけだけれど――竜石はなだらかな円形ってわけではない。なにをどうしたらこうなるんだ、って感じのゴツゴツの石ばっかり。

実際守護竜セルジジオス様を見たあとだと、あの小さな体からどうやってこんなにデカい鱗が……？　と首を傾げることが増えた。だが、考えても無駄なので考えないことにしている。考えて謎が解けるわけでもあるまいし。

そう……これ以上守護竜と関わってもいいことなんてないもんね、もう会うこともないと思ってないとやってられない。

「できたよ」

「「「おおおお～……」」」

「さすがだな。筆に迷いがない。すごいな」

「グライスさんたちもすごいが、やっぱりユーフランさんは速い」

ラナ以外に褒められても、なにも心に響かないんだよなぁ。

「それ」

「ん？」

「……『加護なし』……」

「ああ、そうだよ。っていうか、紹介した時に言ってなかった？　ファーラは『加護なし』だけれど『聖なる輝き』を持つ者なんだ。ファーラのおかげで、『加護なし』はその国の竜力と相性が悪いだけの体質の人間ってことが分かったんだ。だからファーラはこの体質を活かして、竜石核を作っている時の事故を防ぐ仕事をしているんだよ」

レイはファーラが『加護なし』なのまだ知らなかったんだっけ？　ファーラ目的の組織で接触するように言われていた感じではないな。今の反応は、本気で驚いていた。

「『加護なし』でもちゃんと働けるんだよ。レイも冒険者で、ファーラの護衛をやってくれるんでしょう？　じゃあ、レイも『加護なし』でちゃんと働いている人だよ」

ファーラにそう言われたレイの目が今までで一番見開かれた。この辺の感覚は『加護なし』同士にしか、分からないものだろうしね。

でも竜石職人学校の職人見習いたちはファーラの言葉でレイも『加護なし』って分かったんだろう、気軽な感じで「おお、君も『加護なし』なのか？」「学校で事故防止係してくれるのか？」「『加護なし』が多いのは見回ってくれる人が多くなるから、安心感が増すなぁ」と歓迎ムード。

生まれてすぐに『加護なし』とバレて森に捨てられた『加護なし』は、普通そのまま死んでしまうものだ。

俺なら「なにを勝手なことを」って怒りたくなるけれど、ファーラは自分の居場所が得られたことを喜んで、他の『加護なし』にも普通の生活をしてもらおうとしている。

邪竜信仰の奴らは、運よく生き延びて守護竜や守護竜に傾倒する人間——や国に恨《うら》みを抱いて邪竜を信仰していた『加護なし』。その怒りは、真っ当だと思う。だって、ファーラが『加護なし』でも働ける場所を見つけた今だと、もっとそう思うよな。

「ああ……そうなんだァ。お嬢はすごい人なんだねェ」

ただ、俺もこの反応はちょっと予想外。

クールガンが目を細めて、レイを睨んでいる。そうだね、まさか——

「諦めてないなんてすごい人」

「ッ……！」

言葉と表情と目、全部バラバラ。

言葉は褒めているのに、表情は蔑《さげす》んだような笑み。目は、笑っていない。

でも逆に、これが普通の『加護なし』の反応なんだろうな、とも思う。

ファーラからすると、未知の反応すぎて怖いんだろう。まだ手続きが途中だけれど、邪竜信仰の『加護なし』たちはファーラの示した道筋をすんなり受け入れられるだろうか？

世界がこれまで『加護なし』たちにしてきたことは、世界なんてなくなってしまえばいいと思わせるのに十分なものだったんだから。

「で、帰るのォ？」

「うん、帰るよ。って、いう感じでね、ファーラはこういう仕事をしているから、護衛についてる間、レイも同じ仕事してみたら？」

「えー。ジッとしてるの苦手……」

「じゃあ文字の読み書きの練習してもらおうかな？　テスト作ってあげるから、何点以上で賞金出すね」

「に、苦手って言ったばかりなのに……⁉」

まだ底が見えないけれど、俺、子どもは好きなので。そして、この子がもしも犯罪組織に利用されているのなら、いろんな観点から表の世界に引きずり戻す。竜狼とコミュニケーションを取れる化け物じみた特性を持っている子どもと戦うのは、俺がキツイから。

まあ、さっきの表情はいいヒントだ。表情に出しちゃうあたり、性格の素直さが出ていて希望がある。ただ、俺が最初に抱いた印象よりも、やっぱりしっかり性格歪んでるみたい。

「まあ、餌はこれから増やしていくし、お金じゃなくてもいいけどね」

「え、な……な、なんか、あの、え？　……クールガンの兄ちゃんもしかしてヤバい人？」

「え？　どうでしょう？　常識の範囲内だと思いますけれど、まだ、父さまに比べれば」

「待って待って、クールガン、うちの親父と俺を比べるのは基準がだいぶ違ってくるよ」

「でも兄さま、無自覚かもしれませんけど今の笑顔は父さまが悪いこと考えてる時のそれでしたよ。気をつけないと……それでなくとも兄さま、誤解されやすいんですから」

「エ、ァ……ウン……気をつけるね……」

軽薄そうな見た目だからなぁ、俺。っていうか、実の弟にそんなこと言われるほどヤバい顔して笑っていたのか。まずいな、本当に気をつけなきゃ。

「悪いこと考えてる時のエラーナお姉ちゃんみたいでカッコよかったよ？」

「ア……分かった、気をつけるね」

ファーラに具体例を提示されたので、きっとさっきの俺は悪役令嬢みたいな顔をしていたんだろう。本当に気をつけよう。


まあ、そんな感じでファーラを連れてみんなで牧場に帰る。その頃には町に行っていたクオンとニータンも帰ってきていた。せっかく今日はシータルがいなかったんだから、町で買い食いデートでもしてくれれば良かったのにね。２人にデートという概念はまだ早いか？

帰ってきた子どもたちは、夕方の畑の水やりと動物たちを畜舎に戻して放牧場の掃除を行う。

それが終わってから、夕飯だ。

「「バーベキューだあああ!!」」

「バーベキュー、いいわよね、楽で」

「メニューを考えなくて済むのってこんなに楽なんですね。さすがに3日連続は飽きられるかと思いましたけれど、今日はレイくんがいるからかシータルとアルも気にしていなさそうで良かったです」

「なんかまた賑やかになっちゃった感じだけどね〜。ファーラは今日お迎えにレイくんが来てどうだった？　仲良くやっていけそうだった？」

「うーん……まだよく分かんない。レイくんも『加護なし』だから、学校のお仕事興味持ってくれると思ったけど……あんまりやりたくなさそうだった」

「まあ、仕事の適性は人それぞれだものね」

ファーラの悩みに颯爽《さっそう》と答えを出すラナ、顔色もいいしもう大丈夫そうで良かった。確かに毎日3食なにを作るのか考えるのは大変だから、バーベキューは好きな肉や野菜を勝手に各々が焼くから楽でいいんだろう。ラナにもクラナにも毎日面倒をかけているんだな……。

ちなみに俺はバーベキューソースの焼きおにぎりを自分で焼いています。ユショー味の焼きおにぎりも。どっちもお腹に溜まるし、ソースを絡めた肉と一緒に食べると犯罪的に美味しいんだよね。もちろん野菜も全部美味しいけれど。

「兄さま、今日は俺も養護施設の方で寝てもいいですか？」

「ああ、うん。いいんじゃない？」

「ありがとうございます」

こっそり話しかけてくるクールガンに、そう答える。まあ、俺としても初日から完全に信用してファーラを任せるのは不安だったし、むしろ頼むつもりだったからいいんだけれど。

「なんだか今日は家畜たちがそわそわしているんですよね。朝は普通だったのに」

「ああ、それは俺も気になったな」

クールガンも竜石眼を持っているから、動物の感情はなんとなく分かる。ルーシィたちのような竜の血を引いている動物ほどじゃない。本当に、なんとなく。それで俺も家畜たちがやけに浮足立《うきあしだ》っているのは気づいていた。

一応ルーシィに「どうしたの？」って聞いてみるも、「なんかイライラする。フウン！」的なふわふわした感じの答え。

つまり明確になにかが近くにいるってわけではないのかもしれない。野生の勘みたいなものが、なにか嫌な感じがする——と感じただけ。でもそれは多分レイのことではないんだろうな。

レイなら朝の時点で感じ取っているはず。ただ、タイミングがあまりにも……。

「ま、警戒するに越したことないよね。でも、これってクールガンの仕事と関係ある？」

「どうでしょう？　関係なければと思いますけれど。そもそも、やはりファーラ嬢になにかする者がいるとも思えないのですが」

「まあね。でも、裏の人間ってなに考えてるかさっぱり分からないし、警戒するに越したことないでしょ」

「う……、は、はい」

クールガンの任務に関係あるかどうかは分からないかぁ。まあ、本人がまだ話すつもりがないなら、無理にとは言わないけれど。

え？　本当にクールガンから言ってくるまで俺は手伝うつもりないよ？　ただ、内容に予想がつけばこっそり手伝えるのにー、とか、ちょっと思っているだけだし？　もちろんクールガンが自分でなんとかするのが一番だと思うけどね？

「なんか……」

「どうしたん？　レイ」

「んー、あんまりよくない気配がするんだよねェ。今日はみんな早く寝た方がいいと思うなァ」

「えー？」

「どういうこと？」

「よく分かんないけどォ……なんだろ？　変な力みたいなのが近くにある。人間じゃないみたいな気配。キモイな～。実体がない感じで、なんか、なんか……」

クールガンと顔を見合わせた。レイの方が動物たちの感覚に近いのか、俺たちと違って明確に異変の感覚を言葉にしている。やはり優秀ではあるんだよなぁ。

「それって牧場に帰ってきてから？」

一応本人もふわふわした感じみたいだから、確認のために聞いてみる。するとレイは「ううん、めっちゃ今」と不快そうに表情を歪ませて教えてくれた。

えー、今なんだ？

「近づいてきた、ということでしょうか？　見て回ってきます？」

「んー……。まあ、そうだね。なにもなければ、それはそれで」

ただ、誰か1人くらいは残っていないとダメじゃん？　ってことでレイに「みんなの護衛頼んでいい？」と聞いてみる。ちょっと意外そうな顔をされたけれど、あっさりと「いいよォー」と手を挙げた。

逆にクールガンに「ええ？」と不可解なような顔をされたけれど、おいで、と言って川向こうの森の方――東区側に歩いていく。まあ、『青竜アルセジオス』の方角。

人の気配もないので『緑竜セルジジオス』の中型竜石を上着のポケットから取り出し、集中する。クールガンは俺がなにをしているか分からないだろう。俺も上手くできるか分からないんだけどね。ああ、でも、なるほど……。

「え⁉　竜石の中に――」

「あー、良かった。上手くいったわ」

「なんですか、コレ⁉　『緑竜の爪』……⁉」

『緑竜セルジジオス』の中型竜石に『緑竜の爪』を2本、封じてクールガンに手渡す。これは『黄竜メシレジンス』でクラリエ卿に教わった『竜爪』を貸し出す方法。俺も詳しいことは分からないので、あんまり質問されても困るんだけれどね？

「『黄竜メシレジンス』に行った時に、あの国の竜爪使いに作り方を教わったんだけど、俺もよく分かんない。とりあえずいつもの感じで取り出して使えるんだけど、貸しているだけだからよっぽど上手く使えても2回くらいが限界じゃないかな」

「竜爪と竜石ってこんなことできるんですね……⁉」

「親父たちにも教えてあげるといいよ。国を守るためなら、守護竜は力を貸してくれるだろうって言ってたし」

「それでアイツじゃなくて俺を連れてきたんですね」

「まあ、そうだね。帰る時に教えればいいかなって思ってたんだけれど、野生児があんな言い方するから打てる手は早めに打っておこうかなって」

実際作れるか分からなかったけれど、まあ上手くできて良かった。あと、作り方をクールガンに見せたかったのもある。ちょっと大きくて持ち歩くのに邪魔かな～って思うけれど、そこは我慢してもらいたい。

「多分貸し出す爪の本数も任意なんだと思うんだけれど、お前なら2本もあれば大丈夫だろう。でもそれ、『緑竜の爪』だから他の国では使えないからそこだけ注意な。この国にいる間だけ」

「は、はい！　ありがとうございます！」

「じゃあ、一通り見回ってから戻ろうか。……でもちょっと気になること言ってたよな。実体がない、とか……」

「はい、そうですね。なんだか、それって……まるで――」

クールガンが言いたいことは俺も分かる。そこにはないけれど、確かに〝ある〟強い力。

まるで――竜爪のことみたい。

でも、俺とクールガンが側にいてそんなこと言わなかったレイが、ついさっき、その存在に気がついたとかそんなことある？　動物たちがソワソワし始めたのも、俺たちが牧場に帰ってきてからだし……なんだろう、レイじゃないけど気持ちが悪いな。

「お帰り、フラン。なにかあった？」

「いや、なーんにも。見つけられる範囲になにかあるとは思ってなかったけれどさ」

「そ、そう。でもなんか不気味《ぶきみ》な感じね？」

「うん。だから俺もレイの意見には賛成かな。今日は早く寝た方がいいんじゃない？　クーロウさんがなんか『黒竜ブラクジリオス』の方から有名な盗賊団が『緑竜セルジジオス』に入ってきたって、言ってたのもあるし」

「『エンジュの町』の側の集落が襲われたって聞いたわ」

「うん。ラナもそこまで聞いてたんだ」

多分『泥の盃』のパーティーの1つだと思うけれど、面倒くさいよね。警戒心を煽るために盗賊団の話をしてみたけれど、普通の盗賊団が『実体がない力』を持っているとは思えない。けど、じゃあ『実体がない力』を持っているような奴ら——犯罪組織『蜘蛛の脚』、とか？

まあ、考えても仕方ない。今日は早く寝る！　以上！　で、いいよね？　そういうのを調べるのは国の方でやって頂くってことで。

「よーし、みんな今日はお家でお風呂に入りましょう！　なんだか気味が悪いから、早く寝るようにね。分かった？　ニータン」

「ッ……!!」

ああ、ニータンさては夜更《よふ》かしで勉強しているな？　自覚があるからクラナに名指しされて言い返せないんだ？　はあ……。

「心配だから、今夜はクールガンもそっちに泊めて」

「え、いいんですか？」

「うん。まあ……〝変〟なのは俺とクールガンも分かるから」

と、言うとさすがに本格的になにかがおかしいんだとクラナたちにも分かったらしい。レイの発言だけでなく、俺の言っていることを信用してくれるのはありがたいね。

そんな神妙な空気になり、バーベキューは早々に片づけに入る。残りは皿に盛って冷蔵庫にしまって、解散。俺とラナも自宅に戻った。

「フラン、は……そのーさっきレイが言っていたこと、なにか心当たりある？」

まあ、気になるよねぇ。

「なにか飲む？」

「え？　じゃあ、レモン水が飲みたい」

「了解」

飲み物をコップに注ぎ、ラナに手渡す。「お風呂先に入る？」と聞くと、ジトっと睨まれてしまった。うん、ちゃんと話しますか。

「心当たりはさっき言った通り。盗賊団が近くにいるのはマジみたいだし、『黒竜ブラクジリオス』から『緑竜セルジジオス』に入ってきた賊は結構マジでデカい組織のヤツ。ただ、その組織がレイの言っていたことができるかどうかは分からない。だからまあ、様子見」

打てる手は打ってある、けどね。養護施設の方にも竜虎やファイターラビットやジャウ、レイとクールガンもいるし、ラナは俺が守るし。

「そう、なのね。でも、この辺で盗むものってやっぱり学校の方が貴重品多くない？」

「うんまあ、そうだけれどあっちは一度賊が入っているから防犯はしっかりしてるじゃん？　アルベルト陛下に言われたこともあるし、貴重品以外にも重要人物とか、いるでしょ？」

「――！　フランね！」

「いや、ラナでしょ」

主に竜石玉具の話。遠方の人間と話すことができる竜石玉具の存在が、どこかしらから漏れた可能性はある。それを作った俺。俺の弱点である――ラナ。

だから明確な、実体のない気味の悪さが充満しているのかもしれない。まあ、２本の『緑竜の爪』をクールガンに貸し出していても残り８本もあるんだし、大丈夫だろうな。

１００人とか千人とか来ても、負ける気がしない。

「え？　私は竜石玉具とか、他の竜石核は作れないもの。こういうのって作れる職人が狙われるんじゃないの!?」

「俺の弱点って、ラナだよ？」

「――ッ!!」

顔を覗き込み、自覚のないラナに教えてあげる。こういう状況だし、俺の弱点ていう自覚を持っておいてもらいたい。

「あと、ラナは今飛行船開発の責任者の1人でしょ？　竜石玉具のことがなくても、各国が開発に協力している計画に関わっている時点で重要人物なの。ユージーンさんがコメットさんの護衛としてこっちに来ているのは、計画を邪魔する存在を排除するため。ユージーンさんがコメットさんにつきっきりなのは、俺がラナの護衛は俺がやるって言って断ったから」

「え、あ、え」

ラナの護衛は元々俺の仕事だったし、ユージーンさんが打診してきたのは部下を2名つけるってことだったし、そんな奴らより俺の方が優秀な自信があるし！

って思っていると、ラナは百面相《ひゃくめんそう》している。顔を赤くしたり、真顔で考え込んだり、ハッと顔を上げると顔色を悪くしたり――。

「……あれ……？　私って、もしかして結構本当に……危ない状況……？」

「うん」

真顔で即答してやると、震えて「あ、わ、わ、あ……ごめん」と謝ってきた。お気づきになって頂けたようでなによりです。

「でも飛行船の開発ってどの国にも利点しかないじゃない!?　邪魔する理由なんて……」

「そうだよ、利点しかない。利点、利益しかないから、その利益をどうにかして得ようとするの。たとえばラナを誘拐《ゆうかい》して、助けたとするよね。それに恩義を感じたら、仕事を回したりするでしょ？　まあ、これはたとえ話だけれど」

「ッ……！」

「そういうことが増えるから、気をつけろっていう話をアルベルト陛下はしてたんだけれど……ちょっと分かりづらかった？」

「わ……分からなかった」

おおう。

「実体のない不気味な感じ。……賊は賊でも盗賊とは限らない。だからまあ、今日は早めに休もう、って。ね？」

「は、はぁい」

良かった、自覚してくれて。……あ、そうだ。

「ラナも今日は大人しく寝てね？」

「え？　なにが？」

「ランプの光で起きているか寝ているか判断するもんだから、光が見えなければ早く動くと思う。早く休んで、っていうのは、体力を温存しておいて欲しい、ってこと。相手が早く動けばこっちも早めに対処できるし、まあ、誘き出しにご協力よろしくお願いします、ってこと」

「な……なるほど」

こちらもご納得頂けて良かったです。

「幸い小説も一段落ついたんでしょ？　大人しく寝てね？」

「ア……!!　は、はーい」

手を差し出すと、ラナが俺の手に手を重ねてくれた。そのまま階段を上っていく。部屋に入る前に約束のハグ。

さすがに毎日ハグしていると慣れてはくるな……。でもやっぱりまだ恥ずかしいような、でももっと抱き締めていたいような。

「おやすみ」

「う、うん、おやすみ」

えへへ、と笑い合ってお互いの部屋に入る。いつもなら夕飯のあとののんびりタイムだけれど、今日は仕方ない。何事もなければそれでいい。

「――――」

とぼんやりベッドに横たわっていたら気色の悪い感じがした。ベッドから起き上がると1階でシュシュが「ワンワンワン！」と吠え始める。慌ててランプを点《つ》けて部屋を出ると、同時にラナが部屋から出てきた。

「フラン、シュシュが……」

「うん、側にいて」

「ッ……う、うん」

　護衛対象が側にいてくれるのは助かるのでラナと一緒に1階に下りる。気配なし。カフェの方に行くと、やはり気配なし。

「うちには、なにも異常なし？」

「そうだね」

　シュシュの吠える方角は養護施設方向。ラナと顔を見合わせて、頷き合う。

「行きましょう」

「うん、ありがとう」

　シュシュも連れて、養護施設に向かう。なんだこれ、背筋がゾワゾワする。ここまで来ると俺にも感じられる！　実体がない、変な力。人間じゃない、気配。

「あ！　あれ！」

　ラナが指差す。その先に、長い緑色の光の爪がなにかと戦っている。……俺、『黄竜メシレジンス』でクラリエ卿に借りた『黄竜の爪』は一瞬で消えてしまったんですけれど？

こ、こんな長時間出現させ、それでしかも戦うことができるなんて、こ、こんなところにまで才能が出るなんて……！　いや、そもそもなにと戦ってるんだ!?

「ラナ、俺の後ろに！」

「は、はい！」

満天の星空の下、灯《あか》りが少ないがクールガンとレイがなにかを切り裂く。おい、冗談だろ、2人がかり!?　あの2人が!?

「ねェ、コレなにィ!?」

「知りませんよ、見たことないです！　竜爪で切り裂いても再生するなんて——！」

「クールガン！　下がれ！」

「あ！」

黒く、時折紫色に光る靄《もや》が『黄竜メシレジンス』の宝玉竜を模したようなもの。

なるほど、これは斬っても再生しそうだな。ラナの周りに3本の竜爪を待機させて、残りの5本に守護竜セルジジオスの竜力を内包させる。

『……!!』

爪の先端が竜を模した靄を潰す。霧散《むさん》した靄は、学校側の道の方に飛んでいく。そこに人影。

「クールガン！」

「は、ファーラ嬢⁉」

3人ほどの人影が、学校方面に走っていく。あ、荷馬車が林の中に隠してある。そいつらが金の髪の子どもを抱えて荷馬車に駆け込む。あ、ば、馬鹿ぁ……。

「ぎゃあああああ‼」

クールガンが『緑竜の爪』1本を走り出そうとした荷馬車の馬の目の前に突き刺す。それはもう、なんの罪もない馬は可哀想なくらいびっくりして後ろ足で立ち上がった。

黒いフードを被った男たちは出鼻を挫かれたが、まだ逃げられるとでも思っているのだろう、後ろを振り向かず荷馬車から降りようとした。その男らに迫るのは赤い影。

こっちまで響く3つの悲鳴。

「半日手合わせしただけなのに流れるように連携するじゃん……」

「カッコいい……！」

ラナさん、褒めるところなんですか？　まあ、いいけど。

「ねえ、ラナはさっきの靄の竜、なにか分かる？」

「え？　あ、わ、分からないわ。私が読んだの、『紫竜ディバルディオス』編までなの。あ、でも……最後の方に紫紺《しこん》のロン毛イケメンが登場していたわ。木の上からこっそり、リファナを見つめているの。何者か分からないまま次回――！　って感じだった！」

ってことはラナの知っている物語の関係者なのか。ただ、もうラナも知らない〝ストーリー〟の続き。紫紺の髪、っていうのは……『紫竜ディバルディオス』の関係者？　まさか？

「原作なら書いてあったんだと思うんだけど、私も漫画しか読む余裕がなくなっていたし……あ、でも積み本にはしていて、本文は読めなかったけど口絵のキャラクター紹介は確認していた気が……そう、名前出てた気がする……なんだったかしら……えっと、確か……」

「ゆっくり思い出してもらっていいよ。でもここから動かないでいてもらっていい？」

「え？　う、うん」

フルボッコにされた黒いフードの男3人。近づいてみると、やはり荷馬車には気を失ったファーラが寝かされていた。クールガンが抱き起こして、安堵《あんど》の溜息を吐いていた。

「あー、ロープ……。オレ、どこにあるか分かんない」

「こういう時はこいつらの服を裂いて……」

「おお、なるほどォー」

黒フードの1人の外套をナイフで切り裂いて、ぐるぐるに絞《しぼ》り強度を上げて長い紐状にして気絶した男たちを後ろ手に縛り上げる。隠し武器もかなり持ってそうなので、ぽいぽい出していく。それを見てレイが「ほあー」と驚いて見ている。その間にクールガンへ「ラナとファーラを戻しておいで」と促す。コクリ、と頷いてクールガンがファーラを背負って施設の中に戻っていった。

クールガンなら侵入経路から逃走経路まで捜《さが》し出してくるだろうな。

「――ユーフランさんって、諜報員《ちょうほういん》？」

「それに『はい』って答える馬鹿はいないよ。それに諜報員じゃなくて護衛、かな。今はもう『緑竜セルジジオス』の貴族籍があるし」

「へえー」

手首と足首を縛り上げて、地面に転がす。自殺防止で口にも布を噛ませる。奥歯に毒でも仕込んでたら自殺されちゃうし。こいつらがさっき使っていた、のかな？　あの、靄の竜。

実体がない、変な力。まさかクールガンに預けていた『緑竜の爪』で切り裂いても霧散して再生するなんて。竜爪が５本でやっと消えたけど、あの靄はこいつらの方に移動していったように見えたし――もうちょっと探ってみようか、と男たちの服の中を漁《あさ》ってみる。

「なに探してるの？」

「あの変な靄、こいつらの方に消えていったように見えたんだよ。あんなもの初めて見たから」

「――オレ、アレ、見たことある気がする」

「え？」

「なんだろう……どこで見たんだろう？　戦ったのは、初めてで……でも、見たことが、あるような……？　最近じゃないんだよ、すっごく、昔、な気がする……父さんに、人間の言葉を教えてもらっていた頃？」

それって最低でも10年くらい前、ってこと？　そんなに昔からあんな気味の悪いものがあったのか？　やっぱりこいつらに聞き出した方がいいかも、と捕らえた男の1人に手を伸ばす。

「触らないで？」

頭上から男の声。え、待って？　今、なに？　全身一気に鳥肌《とりはだ》。脂汗《あぶらあせ》が噴き出して、威圧感で喉《のど》が詰まる。視線だけ隣にいたレイの方を見ると、レイも緊張の面持ちで硬直していた。

待って、なに、これ。この存在感、まるで、守護竜ディバルディオスがティム・ルコーを断罪した時のような——。

「なんだっけ？　ユーフラン・ライヴァーグ？」

「ッ!?」

「爪持ち、ベイリー家の人間。赤くて綺麗な髪。赤、好きなんだよね」

血みたいで、と零《こぼ》す男の声。ああ、俺、というかレイの髪かな？

「ねえ、君の奥さんって」

未だに顔を上げられない。なんなんだ、こいつは。体が動かない。ラナのこと話してる？

俺の名前も知っているし、一体こいつ、何者⁉

「異世界の扉を潜った人？」

「――⁉」

こいつ。こいつ……！　なんで、ラナの前世のこと……。

「『白竜ホワイトリリアス』って知ってる？　会う方法を知ってたら、教えて欲しいな～、なんて、思っていたんだけれど」

『白竜ホワイトリリアス』？　なんだっけ、前に聞いた気がするけど……。

「知らない」

教えてやる義理はないし、今聞かれても頭が回らない。息を吐き出してからゆっくりとなんとか顔を上げて睨みつける。黒髪赤目、左に三つ編みの、男。その三つ編みの隙間から、大きなブリオレットカットの赤い石のピアスが揺れる。

あ、あれ……竜石か。赤い竜石ってことは、『赤竜三島ヘルディオス』の竜石？　でも、なんか、こいつ……耳、長くない？　に、人間？

人間とは思えないほどに、顔が整っている。声の割に幼い容姿。レイよりも少しだけ年上――15、16歳くらいに見える。

ぶかぶかの黒いフード付きの外套。幼いのに、妙に色気のある表情。色白で赤い目が心なしか光っているように見える。

「お、お前こそ、なに？」

隣で硬直しているレイが「マジか!!」という驚愕《きょうがく》の目で俺を見ているのに気がついていたけれど、無視。正直『緑竜の爪』を顕現させる隙がない。顕現する前に俺の首が切り裂かれる。

この男は、そのくらい強い。俺もレイも接近にまったく気づけなかったし、動けなかった。

自分の声が震えた。それでも、たとえ格上相手だったとしても――ラナになにか、危害を加えようっていうんなら、俺は……！

俺が根性だけで立ち上がって対峙《たいじ》すると、そんな俺の姿を楽しそうに目を丸くして見る。

「異界の竜血鬼《りゅうけつき》、折宮六花《おりみやろっか》。ロッカと呼ぶことを許そう。特別だよ？」

ふふ、と妖艶《ようえん》なようにも純粋な子どものようにも見える笑みで人差し指を顎に添え、小首まで傾げてその指先を捕らえた男たちに向ける。途端に男たちがさっきの黒い靄のようになって消えてしまう。

え、消え……死!?

「威圧して悪かったね。でも、こっそり話を聞ければそれで良かったんだよ。僕は夜しか動けないから、ごめんね」

「あ……!?」

荷馬車も、馬も消えていく。男たちに向けていた人差し指と中指を覆う真っ黒な手袋に吸い込まれるように——跡形もなく。

「ま、ちょ……竜血鬼、って、なに⁉」

「この世界に深く関わる気はないから、秘密。僕は元の世界に帰りたいから、調べていただけだから。なにか知っていることがあったら、教えて欲しかったんだけれど知らないんじゃあ仕方ない。あ、でも冷蔵庫は感謝してるんだよ。だから興味を持ったっていうだけの話。僕みたいなのが他にいるかもしれないけれど、派手にやりすぎない方がいいんじゃない？　全部僕みたいに、この世界に影響を与えたくないっていう奴ばっかりじゃないもの。まあ、どんな異界から流れてきていても、僕より上はいないだろうけれど」

「……異界って……」

「違う？　冷蔵庫や冷凍庫って僕のいた世界にもあったものだし、それなりの文明レベルに達しないでこんなに連続でポンポン開発されるってことは、そういう知識のある人間がいないと無理だと思ったんだけれど」

めっちゃバレておられる。

一気にさっきのような威圧感や恐怖が和《やわ》らいだけれど、ロッカと名乗った男の話には身に覚えがある。ありすぎるくらい。

「あの女の子――ファーラ？　あの子は『守護竜の愛し子』らしいから、元の世界に帰る方法を竜から教わっているんじゃないかと思って話を聞きたかっただけ。子どもと思って少々侮《あなど》ったよ。まさか気づかれて反撃されると思わなかった。もう来ないよ」

「あ……」

反撃した子どもって、レイとクールガンのことか。え、どうしよう。意外とちゃんと話ができる感じ。うちの子をちゃんと褒めてくれるくらいには常識がある、だと？

「アンタみたいな異界の人間が、この世界には、他にもいるの？」

もしも、そうだとしたら――ラナは俺が思っている以上に危険なんじゃない？

ロッカというこの男みたいに、ラナの前世くらいの文明の世界から来ている者にとっては、それと分かるくらいに分かりやすい、のなら……。

「いるんじゃない？　定期的に門が開いている気配はするから。問題はどこで開いてなにが入ってくるか分からないことなんだよね。僕みたいな化け物まで連れ込むなんて見境がない。僕が支配欲の強い性格だったらどうするつもりだったんだろう？　こんな文明力の低い世界、吸《きゅう》血鬼《けつき》だらけにするのに10年かからないよ。僕より上位の存在はさすがに、いないだろうけど」

「きゅうけつき……？」

「ほら、吸血鬼も知らない。まあ、モンスター、怪物、化け物の類《たぐい》」

コイツ、やっぱり人間じゃない、よな？　だよな、なんか紫竜ディバルディオスのことを思い出したもん。……待って。こいつ、守護竜と同じくらいの存在ってこと？　嘘《うそ》だろ？

「僕は人間好きだし、異世界に迷惑かけたいとは思わないタイプだから、派手にやってる君のお嫁さんの考えはちょっと理解に苦しむんだけれど……まあ害があるものでもないし、冷蔵庫は個人的にも助かったから忠告だけはしておいてあげる。——気をつけな」

「……肝に、銘じるよ」

ラナの前世と、もしかしたらなにかしら関わりがあるのかもしれない、なんて軽く考えていた『白竜ホワイトリリアス』が、本当に異世界の住人を呼び出していたってこと？

しかも善悪も損得も考えずに？　それって……結構まずいのでは？

「度胸《どきょう》パネェ!!」

「うわ、びっくりした」

「あんな化け物に言い返せるなんて、マジ度胸パネェって！　超ビビったんだけど！」

「あ、ああ」

レイが叫んだことで、ロッカが目の前からいなくなっていることに気がついた。

安全になったから、レイの緊張も取れて声が出るようになったんだな。でも、途中から威圧感はなくなっていた。本当に、俺たちを殺すことも造作《ぞうさ》ない。ファーラを攫うよりも、ファーラ以外を皆殺しにする方が簡単だった。

あの靄の竜も、もしかしたら竜爪で退《しりぞ》けたわけではなかったのかもしれない。

化け物。レイの言う通り、あれは人間の姿を模した竜、みたいなもの。

……あんなものが、もしかしたら他にもこの世界に入り込んで、る？

考えが至った瞬間、ロッカの声を聞いた時よりも背筋に寒気《さむけ》が走った。

「でも結局、さっきの化け物なんだったんだァ？」

「さあね。まあ、あんまりやりすぎるなって警告だったのかもね」

「やりすぎるって、なにを？」

「竜石道具の開発。……確かにちょっと最近は大がかりなものが増えていたし、ここらでセーブしましょうっていうお告げなのかも」

「お告げ……。竜血鬼――竜って言ってたもんねェ」

竜血鬼、オリミヤ・ロッカ。あとでラナに聞いておこう。


レイと共に養護施設の中を調べたが、クールガンが安全確認を終わらせていた。ラナがダイニングで大人しくしていてくれたので、建物内が問題ないなら俺たちは帰ろう、ということになった。わざわざ寝ているところを起こしてまで、怖い思いをさせる必要ないしね。

「じゃあ、引き続き今夜はよろしくね？　クールガン、レイ」

「はい。あの、でも、さっきの男たちは――」

「レイに聞いて。正直俺もレイと同じくらいしか分かんない。ただ、もう来ないって言ってたから多分もう来ないと思うんだよね」

「へ、え？」

怪訝な表情をされるが、俺だって分かんないんだよ。そんなことより、警備に気を使いつつクールガンもレイも成長期なんだから寝られる時に寝ておけ。

「寝ないと背が伸びないよ」

「「寝ます」」

素直でよろしい。

「ラナ、帰ろう」

「あ、うん」

暗いので手を差し出す。ラナが迷わずに俺の手を取ってくれるのが、実は結構嬉しい。

しかし、帰宅の道、ラナが隣にいてくれるのに思い切り深い溜息を吐いてしまった。

「大丈夫？」

「あ、ごめん。大丈夫。……竜爪は結構疲弊《ひへい》するから……」

「そ、そうなのね。まあ、それもそうか。あんなにすごい力だものね」

顕現させたあとも竜力を纏わせて維持するものだから、集中力がものすごく……ものすごいんだよ。正直3本でもあっちこっちに気を使わなければいけないのに、4本を繊細に使いこなすルースの脳みそどうなってんの？　って思うし6本を自在に扱える上借り物の『緑竜の爪』まで自分の爪のように使っていたクールガンの脳みそもどうなってんの？　って思うし……うちの弟たちの脳みそが優秀すぎていっそ恐怖。

俺？　俺は今回ラナを守っていた3本は浮かせていただけだし、2本はクールガンに貸し出していただけだし、残りの5本はまとめて投げつけただけなので顕現と維持以外に集中力を使ってないのにこの疲弊具合ですよ。お分かり頂けるだろうか、弟たちと俺の差が。

うちの弟たち本当にすごいんだよね〜〜〜〜。

「——ラナは、オリミヤ・ロッカって分かる？」

「誰？　オリミヤ・ロッカ？　……え、折宮六花？　それって『終末のハジキ』の最強吸血鬼、折宮六花様のこと!?　なんでフランがロッカ様のこと知ってるの!?」

「え？」

ロッカ、さ、様？

「本当に知ってるの……!?」

「知ってる知ってる！　私、週刊少年誌の単行本派なんだけど、『終末のハジキ』は先が気になりすぎてアプリで買って読むようになっちゃったの！」

うん、なにを言ってるのかはとりあえず分からないからスルーするとして。この場合ラナが読んでいる〝まんが〟の話の雰囲気。

「まんがの話？」

「そうよ！」

合ってた。良かった。……良かったのかな？

「あ、『終末のハジキ』は吸血鬼に家族を殺された無能力の少年ハジキが、復讐《ふくしゅう》のために吸血鬼の血を利用して戦いながら成長していく物語なんだけれど、怪物討伐専門株式会社［花ノ宮］の社長の花ノ宮明人《はなのみやあきひと》様と、世界に3人しかいない吸血鬼の始祖のうちもっとも位の高い最強の吸血鬼にして組織を嫌い、人間を愛《め》でる一匹狼の始祖［竜血鬼］折宮六花様に人気が二分されていると言っても過言《かごん》ではなく、私も明人様のことは好きだけど、どっちかというと吸血鬼なのに明人様のおかげで人間が好きになっちゃったロッカ様の方が可愛くておちゃめなところと、でも明人様にはない残虐非道《ざんぎゃくひどう》なところがカッコイイィ〜〜〜！　っていうか！　あとなによりビジュアルがいいのよ！　体のラインが分かる服装を好む明人様と対比するようにダボダボのトレーナーで萌《も》え袖《そで》になってるショタ感が！　た、ま、ら、ん、か、わ、い、い……！　明人様の苗字《みょうじ》の宮を自分の苗字に入れちゃうところとか、自分の名前の当て字にも花を入れちゃうとか、もうお前明人様のこと大大大好きすぎでしょ可愛すぎしんどいっていうかーーー!!」

なるほど。腹立つくらいラナがロッカ大好きっていうことは伝わってくるな。

「そう、ロッカ様はね……ショタなのよ」

「なんかクールガンの時も〝じょた〟って言ってた気がする。つまりラナの好みなんだね」

「……待って。待ってフラン。その言い方は語弊《ごへい》が生まれるわ。確かに私、ショタキャラは好きだけど、私別にショタコンっていうわけじゃないの。お願いだからその言い方は、マズいからやめて……!?」

「え? う、うん?」

語弊が生まれてしまうらしい。そんななにか、微妙な言葉なんだろうか?

「それにロッカ様は普段ショタだけれど、本気になった時に大人の姿にもなるのよ！ 黒髪ロン毛の、まさに吸血鬼の王って感じの！ だから私はショタコンじゃないの！」

どうやら〝ショタ〟と〝ショタコン〟の間には強いこだわりのような、越えてはいけない一線のようなものがあるらしい。難しいな……。

「ご、ごほん！ ……っていう感じで大好きな漫画のキャラなんだけれど、なんでフランがロッカ様のこと知ってるの？」

……これ、本人がこの世界にいたって言って大丈夫？　興奮のしすぎで死なない？　なんかハアハアしてるんだけど。まあ、息継ぎもなく早口で喋ってたもん、息切れくらいするか？

ここからごまかす言い訳が浮かばない。疲れてて頭が上手く働いてないし……。

でもなんかムカつくな。

「えーと……よく分からないんだけど」

「うん？」

「そう名乗っていた奴が、いた」

「え？　折宮六花様って名乗っていた？　あ！　でも確かにロッカ様の能力の中に血を霧にしてどんな物にも人にも模倣したものを作れるっていうのがあった！」

本当にそんなのあるの？　反則では？

「え？　待って？　私、冷静にフランの話を聞ける気がしなくなってきたんだけれど？　待って？　クールガンに続いてロッカ様にまで直《じか》にお会いできる……？　そんなまさか？　そんなことありえるものなの？　いくらなんでも悪役令嬢の私に、そんな好都合なことがありえるものなの？　『終末のハジキ』最推《さいお》しの人が？」

「なんか、自分の世界にあった冷蔵庫や冷凍庫が出回り始めてたから――気をつけろ、とは言ってたよ。ラナやその、ロッカみたいに、異世界から来ている存在が……もしかしたら他にもいるかもしれないから……」

そこまで言って、言葉が詰まる。ロッカは『自分より上位存在はさすがにいないだろうけれど』って言ってたけれど、そんなの分かんない。守護竜と並ぶような生き物が他にもいて、ラナを狙ってくるんだとしたら？　俺はそんなものと戦えるんだろうか？

ラナを、守れるんだろうか？

「フラン？」

「あ、いや……」

いかんいかん。弱気になっている場合じゃない。

「──そっか、ロッカ様にそんなこと言われたのね。いいなあ、フラン。怖かっただろうけれど、私も生《なま》ロッカ様に会いたかったなぁ」

「………」

のんきかな？　逆にすごいな。俺はできればもう二度とお目にかかりたくないよ。生きた心地がしないんだもん。

ああ、でも二度と会いたくない、って思って本当に二度と会わなかったことがない気がするから、考えるのはやめよう。ラナが「そういうのフラグって言うのよ」って言ってたし。

「生ロッカ様可愛かった？」

「そんなこと考えられる余裕なかったよ……！」

「そ、それもそうよねー！」

「まあ、でも、ラナの話を聞いて、ロッカが『元の世界に帰りたい』って言ってた理由はちょっと分かった」

なんか、好きな人が元の世界にいるんだね。そう考えると、なりふり構っていないようで最低限配慮してくれたんだなっていうのは、分かる。

「……ラナは」

「え？」

「本当に、元の世界に、帰らなくて大丈夫？」

あんなにすごい存在ですら、元の世界に帰りたいと切望して帰れない。ラナから聞かされる前世の話は嫌なものばかりだけれど、人生全部悪いことだけじゃなかったでしょう？

もしかしたら、心残りがあるんじゃないの？

「ええ、帰らなくてもいいわ。今が幸せだし、やりたいことといっぱいあるもの」

「え。あ、そ……そう」

ものすごくあっさりと――!!

「もう！　ちゃんと聞いてた？　今が幸せだから私は前世に一切！　まったく！　心残りはな

いの！　だいたい悪役令嬢に転生してるのに、前世の世界に戻ってどうしろっていうのよ！」

「それは……そう、なのかな？」

「そうなの！　……だから、私はフランの側にいるわよ」

ぎゅう、と手を握り返される。疲れた顔してる、と指摘されるとその通りなのでなにも言い返せない。

「でも、飛行船が終わったらしばらくは本当に大人しくしていましょう。ロッカ様に会いたい気もするけれど、ロッカ様に『気をつけろ』って言われたらその通りにしないとね。フランにも負担をかけちゃうし」

「俺の負担とかは、どうでもいいけれど……」

ロッカ様に言われたからっていうところに、なんかこう、モヤっとしたものが、ね？

「でも、ラナは俺が守るので」

「あ……うふふ！　ええ！　信じてるわよ」

なにがあっても、その役目だけは誰にも譲るつもりはないので。

あとがき

どうも、古森きりです。皆様の応援のおかげで、原作8巻を書き下ろしさせて頂きました！

この場を借りりまして改めて、購入し読んで応援してくださった皆様、ツギクルの担当さんや、引き続き美麗なイラストを描いてくださったゆき哉先生、書籍化に携わってくださった関係者の皆様、そして家族にも御礼を申し上げます。本当にありがとうございました。

今回のQRコード特典（帯の後ろのQRコードを読み込むと、特典を読むことができるので、どうぞお試しください！）のラインナップはこちら！

・side　エラーナ～うちの可愛い旦那様～

今回の特典はいつの間にか8千文字超えてて「ア、これ以上別なやつ書いたらまた『文字数抑えてください』って言われる……」って思ったので他にも書きたいネタはあったんですがやめました。いつも3千文字くらいって言われてるんです。

そういえば6～7巻の間辺りからツギクルの担当さんが変わったのですが、新しい担当さんは大変丁寧に原稿の感想をくださるんですよね。私はあんまり感想いらない派（その代わりうちの子を私の見えないところで推されたり、褒められるのをこっそり見るのが大好きという面倒くさい特殊性癖タイプ）なんですけど、自分で「ここ良いシーンになったな」っていうところを拾い上げてくれたり、今回ちょっとだけ最後に出したロッカが「ロッカ様」と呼ばれていたので「様付け……？」となったり、多分感性が近しいのとあまりにもノリがいい。ロッカ様、WEB投稿サイトに掲載している別作品キャラなんですけど物理的に？は初出しなのできっとセーフ。明人はちょいちょい短編などに出してるので、知ってる方は「あ」って思われたかもしれないですけれど、「あ」って思われると嬉しいです。

また、今回挿絵がいつもの半分なのですがその分表紙のラフをA〜Cの三種類いただき、「タイトルロゴが腕に隠れるんですがどうしますか？」という担当さんの声に「フランの腕と胸板を私だけで独占してはいけない」とそちらをお願いいたしました。

そして『マンガpark』様で大好評連載中の『追放悪役令嬢の旦那様』（作 なつせみ先生）のコミックス最新6巻が10月27日に発売されました。

コミックス6巻の帯にシリーズ累計70万部突破とのことで、原作担当としましても「マジかー、スッゲー……」という宇宙猫顔になりました。本当にありがとうございます！

ちょっともうすごすぎてよくわからないですね。なつせみ先生、ゆき哉先生、読者様、関係者の皆様のおかげです。ありがとうございます、しか言葉がないですが、どうか引き続き『追放悪役令嬢の旦那様』をよろしくお願いいたします。

古森でした。

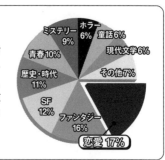

ただ静かに消え去るつもりでした
著 結城芙由奈
イラスト 椎名咲月
コミカライズ企画も進行中!
美しい島で人生をリセットします!
幼い頃からずっと好きだった幼馴染のセブラン。
私と彼は互いに両思いで、将来は必ず結婚するものだとばかり思っていた。
あの、義理の妹が現れるまでは……。
母が亡くなってからわずか二か月というのに、父は、愛人とその娘を我が家に迎え入れた。
義理の妹となったその娘フィオナは、すぐにセブランに目をつけ、やがて、彼とフィオナが
互いに惹かれ合っていく。けれど、私がいる限り二人が結ばれることはない。
だから私は静かにここから消え去ることにした。二人の幸せのために……。
定価1,320円(本体1,200円+税10%)
ISBN978-4-8156-2400-2
ツギクルブックス
https://books.tugikuru.jp/

人生をやり直した
令嬢は、
やり直しを
やり直す。
著 川崎悠
イラスト キャナリーヌ
運命に逆らい、自らの意志で人生を切り開く侯爵令嬢の物語！
やり直した人生は
納得できません!!
コミカライズ企画も進行中！

定価1,320円（本体1,200円＋税10%） 978-4-8156-2320-3

1巻:定価1,320円(本体1,200円+税10%) ISBN978-4-8156-1316-7
2巻:定価1,430円(本体1,300円+税10%) ISBN978-4-8156-1718-9
3巻:定価1,430円(本体1,300円+税10%) ISBN978-4-8156-2125-4
4巻:定価1,430円(本体1,300円+税10%) ISBN978-4-8156-2402-6

ちっちゃい俺の巻き込まれ異世界生活
1~5
著 ぬー
イラスト こよいみつき
2024年5月、
最新6巻発売予定！
コミカライズ企画進行中！
異世界転生したら幼児になっちゃいました!?
ちっちゃい俺でも異世界を楽しんでいい？
巻き込まれ事故で死亡したおっさんは、幼児ケータとして異世界に転生する。聖女と一緒に降臨したということで保護されることになるが、第三王子にかけられた呪いを解くなど、幼児ながらに次々とトラブルを解決していく。
みんなに可愛がられながらも異才を発揮するケータだが、ある日、驚きの正体が判明する——
ゆるゆると自由気ままな生活を満喫する幼児の異世界ファンタジーが、今はじまる！
定価1,320円（本体1,200円＋税10%） ISBN978-4-8156-1557-4
ツギクルブックス
https://books.tugikuru.jp/

婚約者である第一王子セオドアから、婚約解消を告げられた公爵令嬢のシャルロッテ。
自分の感情が天候に影響を与えてしまうという特殊能力を持っていたため、常に感情を抑えて生きてきたのだが、それがセオドアには気に入らなかったようだ。
シャルロッテは泣くことも怒ることも我慢をし続けてきたが、もう我慢できそうにないと、不毛の大地へ嫁ぎたいと願う。
そんなシャルロッテが新たに婚約をしたのは、魔物が跋扈する不毛の大地にあるシュルトン王国の国王だった……。

定価1,320円（本体1,200円＋税10%） 978-4-8156-2307-4

ツギクルブックス https://books.tugikuru.jp/

ざまぁされた王子の三度目の人生
著：海野《うみの》はな
イラスト：梅之シイ
前々世で
婚約破棄した元婚約者に
今世で
ひとめぼれ!?

ツギクルブックス

愛読者アンケートに回答してカバーイラストをダウンロード！


愛読者アンケートや本書に関するご意見、古森きり先生、ゆき哉先生へのファンレターは、下記のURLまたは右のQRコードよりアクセスしてください。

アンケートにご回答いただくとカバーイラストの画像データがダウンロードできますので、壁紙などでご使用ください。

https://books.tugikuru.jp/q/202312/tsuihouakuyakureijo8.html

本書は、「小説家になろう」（https://syosetu.com/）に掲載された作品を加筆・改稿のうえ書籍化したものです。

追放悪役令嬢《ついほうあくやくれいじょう》の旦那様《だんなさま》8

2023年12月25日　初版第1刷発行

著者　古森《こもり》きり

発行人　宇草 亮
発行所　ツギクル株式会社
〒106-0032　東京都港区六本木2-4-5
TEL 03-5549-1184
発売元　SBクリエイティブ株式会社
〒106-0032　東京都港区六本木2-4-5
TEL 03-5549-1201

イラスト　ゆき哉
装丁　株式会社エストール

印刷・製本　中央精版印刷株式会社

定価はカバーに表示してあります。

乱丁本、落丁本はお取り替えいたします。

ISBN978-4-8156-2404-0
Printed in Japan